JN242922

無職は今日も今日とて迷宮に潜る
～Lv.チートな最強野良探索者の攻略記～
1
田中ハルト(太)
24歳新米無職。チャーミングな性格。

三森巫世
付与魔法の使い手。
ハーレムパーティの
要で守銭奴。
桃山悠美
弓使い。
仲間思いの優しい子。
神庭由香
戦士。お姉さん気質で
物事をよく見ている。
九重加奈子
地属性の魔法使い。
お嬢様育ちのロリ担当。

田中ハルト（痩）
本田愛
ホント株式会社創業者一族の娘。
ハルトの雇い主（仮）。
ハルトwith愛さんと
余所さまのハーレムパーティ

覚悟を決めろ！
戦って、生き残る覚悟を――！
大人ゴブリン

無職は

今日も今日とて

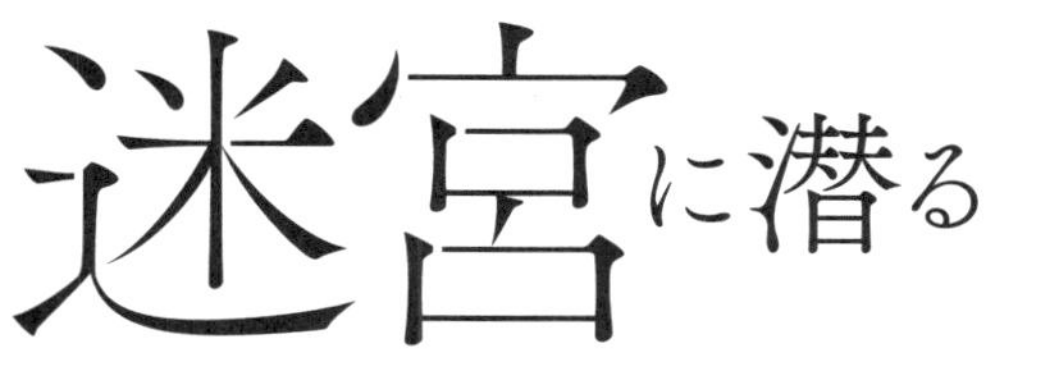

1

著 ハマ　画 fixro2n

mushoku ha kyou mo kyou tote meikyu ni moguru

CONTENTS

プロローグ

mushoku ha kyou mo kyou tote
meikyu ni moguru

　薄暗い洞窟の中を、片刃の黒い大剣が走る。

　強靭な膂力で振るわれた大剣は、ゴブリンと呼ばれるモンスターの命を刈り取る。

　ギャッと悲鳴を上げて両断された仲間を見ても、他のゴブリンは怯む事はない。恐怖より狂気がゴブリンを支配し、獲物を狩れと本能が囁き、ゴブリンを死へと誘うのだ。

「しっ！」

　一歩踏み込み、間合いに入ったゴブリンを大剣で両断する。

　黒い大剣を握った田中ハルトは、その体からは想像も付かない俊敏さで、次々とゴブリンを葬って行く。

　ボサボサの黒髪に、鋭い眼光、それなりの容姿をしており、戦いに身を置く者特有のひりつくような雰囲気を纏っている。

　灰色のインナーに同色のツナギに似たズボン、鉄の胸当てを身に付け、左腕には木製の丸い小楯を装備している。そして、両手には自身よりも大きな片刃の黒い大剣が握られていた。

　正に闘士の姿をしたハルトには、大剣を小枝のように振るう膂力が備わっており、その技は正に熟練の戦士のものだった。

通路の先からビックアントと呼ばれる小型犬くらいの蟻のモンスターが現れる。数は三匹と少ないが口から吐き出す酸が厄介で、接近しての戦いは遠慮したい。

だからハルトは、左手をビックアントに向けて魔力を操り魔法を行使する。

「〝クレイニードル〟」

呪文を唱えると、ビックアントの足元から幾つもの土の棘が生えて串刺しにしてしまう。暫くもがき苦しんだビックアントだが、やがて力尽きたのかその動きを止めた。

圧倒的な力でモンスターを葬ったハルトに呼吸の乱れはなく、他にモンスターが現れないか聴覚を研ぎ澄ませて警戒する。聞こえるのは己の落ち着いた呼吸のみ。他に聞こえる音はなく静寂がこの場を支配する。

全てのモンスターを倒し終えたのを確認したハルトは、ゴブリンの持っていた武器を回収して、ビックアントの外皮の取り外しに掛かる。

ダンジョンで稼ぐには、モンスターを倒して素材を剝ぎ取るか、フィールドに存在する素材を採取して探索者協会に売るしかない。他に売却出来る伝手があるのなら話は別だが、まだ新人探索者であるハルトにその伝手はなかった。

「うわっ!?」

ビックアントの外皮を外していると、体内から酸が飛び出し、危うく大切な装備に当たるところだった。

「あっぶね!　こちとら金がねーんだぞちくしょー!!」

会社員を辞めて、十数日しか経(た)っていないが、既に懐は寒くなっていた。幸い借金はないが、このままでは時間の問題なのも確かだった。

回収を終えたハルトはスキル【収納空間】に素材を放り込むと、立ち上がってダンジョンの探索を再開しようとする。しかし、足元にあったゴブリンの亡骸(なきがら)に躓(つまず)いて転びそうになった。

「ととっ……はぁ、何やってんだろうなぁ俺」

洞窟の天井を見上げて、思わず溜息(ためいき)が出る。

『ダンジョン』

その出現の歴史は約八十年前まで遡る。

戦後の混乱期に、突如として巨大な洞窟が現れた。当初、それが何か判(わか)らずに、多くの者が無計画に挑み凶悪なモンスターやトラップの犠牲になった。しかし、その洞窟の中には、いくら取っても減らない資源があると判明すると、多くの人が資源を持ち帰る為(ため)探索者となった。

無限に資源が取れる洞窟を、いつしかダンジョンと呼ぶようになり、その名が定着していく。

探索者とは、ダンジョンに挑む者の通称である。ダンジョンに現れる危険なモンスターを倒してレベルを上げ、スキルを獲得しては更に強いモンスターと戦う。そして更に、価値のある素材を採取出来るようになるのだ。

数多くの探索者がダンジョンに挑み消えていく。しかしそれも、高度経済成長期を迎えると同時に止まってしまう。

多くの国民が安定した生活を送れるようになり、汚い、きつい、危険と三拍子揃(そろ)った探索者を誰もやりたがらなくなってしまったのだ。

やがて探索者を引退する者が続出し、新たに参入する者は減っていく。それ以上に多くの探索者がダンジョンで命を散らして行った。


そんな探索者を田中ハルトはやっている。

本音を言うならハルトだって、こんな危険な仕事はやりたくない。

つい先日まで、ごく一般的な会社勤めだったのだ。勤めていた会社は所謂(いわゆる)ブラック企業というやつだったが、安定した収入は得られていた。

それが今では、大剣を振り回して探索者をやっている。

どうしてこうなったんだろうなぁ。

ハルトは内心愚痴りながら、新たに現れたモンスターに大剣を向けた。

第一章　ダンジョンデビュー

mushoku ha kyou mo kyou tote meikyu ni moguru

今日から探索者としてダンジョンに潜る事になった。

昨日まではは普通にサラリーマンをやっていたが、憧れた人と上司が付き合っているのに気付いて、急に会社のブラック体質が嫌になったのだ。俺の心のオアシスだったのになぁ、ちくしょう〜。

廊下を歩き、社長室に到着すると「失礼しっまーす！」とふざけた声で入室する。そして、ゴルフのパット練習をしていた社長の顔面に退職届を叩き付けてやったのだ。

「テメーこの野郎！　人が忙しくしてんのに遊んでんじゃねーよ!!」

そんな捨て台詞を吐き捨て、俺は会社を辞めたのである。

やり過ぎたとは思っていないし、後悔どころか達成感で清々しい気持ちになっていた。

以上の出来事があり無職になった俺は、何とかして稼がなければならない。でなければ、来月にはモヤシ生活が始まってしまう。育ち盛りではないが、お腹は満たしたい俺としては、モヤシ生活は回避したいところだ。

その為にも、次の職場が決まるまでは絶賛不人気職である探索者として、日銭を得る為に活動しようと決心した。汚い、きつい、危険の３Ｋ職だが、少しの間と思えば耐えられる。

そういう訳で、俺はダンジョンの近くにあるショッピングモールに向かい、武器の棍棒と木製の楯を購入する。装備をして準備を整えると、その足で探索者協会に向かった。

探索者協会とは、モンスターを倒して得られた物や採取した物を買い取ってくれる場所である。通称ギルドと呼ばれており、探索者として生きていくのならば、ここに登録しないと何も始まらない。

見た目は普通の社用ビルで、正面に『探索者協会』とデカデカと掲げられている以外に特徴は無い。

自動ドアをくぐりエントランスに入ると、カウンターが二つに分かれていた。片側には登録や依頼の受付の表示があり、もう片方には会計の表示がされている。

また、近くの柱には案内が表示されており、一階には受付の他に鑑定所や仕事の依頼が貼り出された掲示板、二階には探索者が利用する売店や食堂が用意されている。これらを利用するのは次の機会になるだろう、今は登録が先だ。

「え？　登録料が掛かるんですか？」

受付で探索者登録をお願いすると、必要な書類を渡されて、それなりの金額が掛かると言われてしまった。

「はい、登録料十万円が必要になります」

「えぇー、十万っすか」

財布を取り出して中身を確認すると、二十円しか入っていなかった。スマホを操作して口座の残高を確認すると払えなくはないが、そうすると本日からモヤシ生活に突入してしまう。

「何とか安くなりませんか？」

「無理です、決まりですので」

「出世払いとかは出来ません？」

「探索者に出世はありません、全ては成果払いです。それほどお金が無いのなら、他で働くか、ダンジョンに行ってモンスターから素材を得るのをお勧めします」

「ですよねー……ん⁇　ダンジョンに行ってもいいの？」

てっきり、登録しないとダンジョンへ挑戦出来ないと思っていたのだが、受付嬢が言うにはどうやら違うようだ。

「はい、探索者協会はあくまでも探索者の為の協会であって、ダンジョンへの立ち入りまで制限していません。滅多にいませんが、一般人による素材の持ち込みも受け付けています」

淡々と説明してくれる受付嬢は、それくらい調べて来いといった様子で俺を見上げる。

「ですが、一人では決してって！　あっちょっと⁉」

俺は馬鹿にされているような気がして、受付を後にした。受付嬢がもっと何か言いたそうだったが、きっと俺を馬鹿にする言葉に違いない。見た目が美人なだけに、面と向かって言われると、心に大きなダメージを受けてしまう。残念ながら、美人からの罵倒をご褒美と思えるような性癖は持ち合わせていないのだ。

探索者協会を出る前に、エントランスに置かれていた買取一覧表をスマホのカメラで撮影する。

これがないと、何の何処を採取すれば良いのか分からない。

自動ドアを通り外に出て左を見ると、半分に切断された標高１００ｍの山が聳え立っていた。高さの割に横幅はなく、丸みを除けば正方形に見えたかも知れない。その山の内側半分が大きな洞窟の入り口になっている。そんな形状をしていれば自重で崩壊しそうなものだが、発見当初からこの形を保っているらしい。未だ解明されていない地球の神秘と言われる所以である。また、洞窟の入り口は暗くなっており、何らかの力で光が遮られているのか、中の様子は見えなくなっていた。

これがダンジョン。通った時に見ていたが、改めて見ると違和感の塊でしかない。街の中に大きな洞窟。いや、洞窟があってこそ周囲が発展してきたのだから、実際はその反対なのかも知れない。

「よっしゃ！　行くか！」

恐れる心を抑えてそう気合いを入れると、俺はダンジョンに挑戦した。


ダンジョンの一階に入って直ぐの所に、淡く光る魔法陣が設置されている。これが何なのか分からないので、素通りして先に進む。このフロアは学校の校庭くらいの広さがあり、入り口とは別の道が一つだけ用意されている。迷宮なのだから迷うかと思っていたのだが、一本道なら迷子になる心配もないと安心して先に進む。先にある階段を下り、地下一階に到着する。

すると、早速モンスターとエンカウントした。

それは、ダンゴムシを猫ほどに大きくしたモンスターであり、人を襲わない唯一のモンスターでもある。どの階にも現れるらしく『ダンジョンの掃除屋』と呼ばれているそうだ。

ダンジョン地下一階ではダンゴムシのモンスターしか現れない。なので、無視して地下二階を目指す。ダンゴムシは動きも遅く倒し易い相手ではあるが、一銭にもならないので倒しても意味がない。

もちろん、俺も手を出すつもりはなく、さっさと進むつもりだ。

戦わない、そのつもりだった。

しかし、地下二階に続く下りの階段の前に百を超える大きなダンゴムシの群れが出来ており、駆除せざるを得なかった。

「……マジかよ」

時間が掛かった。服が汚れた。棍棒が折れて使えなくなった。何より疲れた。

いくら弱く動きの遅いダンゴムシでも、数が多いとこんなに大変だとは思わなかった。

しかも戦利品は透明なガラス玉だけである。

何だこれと手に取ると、掌の中に吸い込まれて消えてしまった。どうやら疲れて幻覚を見たようである。

武器も無くし、体力も限界を迎えたので、今日は諦めて帰るしかなかった。

「こんなんでやっていけるのか?」

不安が口から出て来るが、それに答えてくれる人はいなかった。

次の日、ダンジョンに挑む前に近くにあるショッピングモールへ向かう。昨日買ったばかりの棍棒がダンゴムシとの死闘で使えなくなったので、新しい棍棒を購入するのだ。

『武器屋』の看板が掲げられた店に向かい、一本三千円の棍棒を手に取りカウンターに向かう。すると、レジの横にステータスチェッカーなるステータスを調べる道具が置かれていた。しかも一回百円とお手軽価格である。

昨日、あれだけダンゴムシを倒したんだから、レベルも十くらい上がっているだろうなと期待して使ってみる。

百円玉を投入して画面の掌の表示に合わせて手を置くと、画面に自分のステータスが表示された。

【名前】田中 ハルト（24）
【レベル】2
【スキル】地属性魔法

期待はずれだった。あんなに頑張って倒したのにレベルは2だった。いつの間にかスキルを手に入れており魔法が使えるようになっていたが、地味なイメージの地属性魔法ではテンションも上がらない。

俺は棍棒を購入すると、ダンジョンに向かった。

今日はスムーズに地下二階に到着出来た。ダンジョンの地下二階から出現するモンスターは、率先して人を襲うので油断出来ない。

俺は気を引き締めて、そこらにいるダンゴムシを倒した。

洞窟の中をズンズンと進んで行くと、道の先から一羽のツノ兎が姿を現した。ツノ兎の大きさは普通の兎と大差ないが、その鋭いツノは、人の心臓を突き刺すのに十分な大きさがある。

ツノ兎と目が合うと、もの凄い勢いで突っ込んで来た。そして、間合いに入ったのか勢いよく跳躍してツノで刺そうとして来る。そのツノ兎を木製の楯でガードすると、ツノが楯を貫通してしまった。

一瞬ひやっとしたが、楯に突き刺さったままバタバタと身動きが取れなくなっているツノ兎を見て冷静になれた。

一度地面に叩き付けて、怯んだところを棍棒で何度も打ち付けてツノ兎を倒す。

酷い？

兎と呼ばれているが、モンスターなだけあって凶悪な顔をしている。外にいる兎と一緒にしちゃいけない。言ってしまえば、こいつらは肉食獣と同じなのだ。倒さないと俺がやられる。

倒したツノ兎からツノだけを取って鞄に入れる。ツノ兎の採取部位はツノだけで、百円で買い取ってくれる。はっきり言って、まったく割に合わない。しかも、体の方は不味くて食べられないらしく買い取ってくれないのだ。コスパを考えると、すこぶる悪いモンスターである。ならば、さっさと先に進むべきだろう。そう判断して離れると、背後からかささと何かが動く音が聞こえてくる。なんだろうと振り返ると、ダンゴムシが今しがた倒したツノ兎に集まっていた。これがダンゴムシがダンジョンの掃除屋と呼ばれる所以だろう。

　俺は次の階に向かう為、地下三階へ続く階段を探して進んで行く。出来るだけ、モンスターと出会わないようにしようと動いていたのだが、曲がった先でツノ兎がいるのを見つけてしまった。そのツノ兎は、まだこちらには気付いていないようで完全に無防備である。

　そこでふと魔法を使ってみようと思った。手を翳(かざ)して魔力っぽいものを操り、地属性魔法を使ってみる。イメージは地面から棘(とげ)が生える感じ。

　すると、ツノ兎の下から一本の土の棘が生えて、勢いよく貫いた。突然の痛みからか、ツノ兎は断末魔の叫びを上げてジタバタともがき、やがて動かなくなった。どうやら倒したようである。

　だが、もの凄く疲れた。

　はあはあと肩で息をして、動くのも億劫(おっくう)になっていた。俺はこんなに体力が無かったのだろうか。デスクワークばかりで運動不足なのは自覚していたが、まさかこれほどとは思わなかった。ツノ兎のツノを回収すると、無理はいけない、今日はここまでだなと判断して家に帰った。

　次の日、ダンジョン地下三階を目指して進んで行くと、途中でツノ兎とエンカウントする。今回は昨日とは違い余裕を持って倒して行く。

　昨日は楯に穴を開けられる失態を演じたが、今は違う。帰って『ツノ兎　倒し方』と検索するとツノ兎の倒し方がそのまんま載っていたのだ。しかも動画付きで。

　ツノ兎は一直線にしか跳ばず、一回避けてしまえば背後から叩いて終わりという、とてもシンプルな内容で分かり易かった。

そして、その情報は正しく、跳んで来るツノ兎を横に避けると、ツノ兎は俺を見失っておりキョロキョロと辺りを見回している。俺を見付けて再び襲って来るツノ兎だが、横に避けてじっくり観察してみると、跳躍した瞬間に目を閉じていた。

いや、何でやねん。思わずツッコミを入れてしまうくらい衝撃的な姿だった。敵を前にして目を瞑るって、やる気あんのかこの兎。

問答無用で着地したツノ兎を二度三度と叩いて倒す。そこからは順調にツノ兎を狩って行き、今日だけで十羽のツノ兎を狩った。

もうツノ兎は敵ではない、狩られるだけの獲物だ。金には成らんがな。

二時間掛けて十羽狩っても千円にしか成らない。

こんなんやってられないと、バイト以下の収入に嫌気が差してくる。早く次の階に行こうと歩く速度を上げて行く。レベルが上がったおかげか、俺の体はどんなに歩いても疲れ難い体になっていた。

そうそう、昨日は魔法を使って疲れていたが、あれは魔力不足によるものらしい。

俺の魔力量はかなりしょぼいらしく、一発の魔法で魔力が尽きてしまっていた。魔力は訓練すれば増えて行くそうだが、その限界は人によって違うらしい。レベルが上がっても増える事があるらしいが、それは魔法を専門に使っている人達に見られる現象のようだ。

まあ、探索者は次の職が見つかるまでの繋ぎでしかないので、俺には関係のない話ではあるが。

そんな事を考えて進んでいると、次の階へと続く階段を発見した。しかし、その階段の前には百羽のツノ兎がいた。

　俺は逃げ出した。


　いやいや、流石（さすが）に百羽は無理でしょ。何であんなに集まっているの？　勝てる訳ないやん。いくら弱いからって、あんなにいたら串刺しにされるわ。

　愚痴りたい気分ではあるが、一人暮らしの俺には愚痴れる相手もいない。友達はいるにはいるが、無職になったのを知られたくないので連絡したくない。知ったら絶対に揶揄（からか）いにやって来るから、せめて転職してから連絡したい。

　ちくしょう～。俺は悔しくて、考えに考えた。どうやったらあの数のツノ兎を被害無く倒せるのかを。そして導き出した答えが、

「いらっしゃせー」

　探索者協会、通称ギルドの売店に行く事だった。

　いやいや、答えなんて無いって。結局は何かしら道具に頼らないと、俺にあそこを越える方法なんて無いって。

　やる気があるのか無いのか分からない店員に迎えられて、店内を物色している訳だが、色々な物があってどれが良いのか判断が付かない。モンスターの目眩（めくらま）し用のスプレーとか、痺（しび）れ薬（ぐすり）とかもあるが、どれもあの数に対応出来るとは思えなかった。そんな風に悩んでいたからだろうか、近くに

居た女性から話しかけられたのは。

「あの、何かお困りですか？」

「え？」

「ごめんなさい。凄く悩んでいるみたいだったから……」

その女性は二十歳くらいで、濃い赤い髪を背後で纏めており、その顔立ちも切れ長の目で気が強そうに見えるが、美しいと呼べるほど整っていた。それに、困っている人を助けようとするのなら、心根はきっと優しい人物なのだろう。

「あっ、えーと、相談に乗ってもらえます？」

これはチャンスだろう。何のチャンスかって？　そんなの決まっているじゃないか。この女性とお近付きになるチャンスだよ。なんて冗談はさておき、今の俺に女性と付き合えるような余裕は無い。なので、真面目に相談に乗ってもらおうと思う。

「ええ、何かあったんですか？」

「そのー、多くのモンスターを一度に倒す道具って心当たり無いですかね？」

「多くのモンスターですか？」

「いや例えばですよ、目の前に沢山のツノ兎が居て、それを一度に倒す方法とかないかなーって考えてたんですよ」

ははははっと何故か笑って誤魔化してしまった。俺が多くのモンスターと言った時に、女性が訝しんでいたので、何か不味い事を言ったのではないかと心配になったのだ。

しかし、俺の心配は杞憂だったようで、女性は真剣に考えて答えてくれた。

「……そうですね、倒すのは難しいですけど、動きを止める事が出来るアイテムはありますよ」

「マジっすか!?」

一気にテンションの上がった俺に驚く女性だが、くすくすと笑った後に、その道具が置かれた場所に案内してくれる。

俺がその女性にお礼を言うと「気にしないで下さい、探索頑張って下さいね」と優しい言葉で返してくれた。

この瞬間、俺はこの女性に心を奪われたのだろう。そして、

「おーい千里ー、早く行くぞー」

と女性を呼ぶイケメンの姿を見て、一瞬で諦めた。

何だよ彼氏いんのかよ、ぺっ。まるでジェットコースターのように俺の心は乱高下し、見て分かるくらいに落ち込んでしまう。

「あの、大丈夫ですか?」

「大丈夫大丈夫、ありがとね、相談に乗ってくれて」

「ええっと、じゃあ頑張って」

女性も何だかよく分からないといった様子で、励ましの言葉を残して行ってしまった。さよなら、俺の百回目くらいの一目惚れ。

気を取り直してダンジョンに向かう。地下三階へと続く階段の前には、百羽はいるだろうツノ兎が嫌がらせのように居座っていた。

他の探索者が倒してくれないかと期待していたのだが、ダメだったようだ。いや、この場合は購入したアイテムが無駄にならなかった事を喜ぶべきなのだろう。

鞄からジャイアントスパイダーの糸で作られた網を取り出すと、ツノ兎の群れに放り投げた。

ジャイアントスパイダーとは、ダンジョンの地下十七階から出現するモンスターだ。その体から出される糸は鋼鉄よりも頑丈な上、柔軟性を兼ね備え、多くのアイテムに使用されているらしい。またお値段もお手頃で、一個一万円とお買いど……それなりに高いわ、これ。

思わぬ出費はあったが、上手いこと群れの大半を網の中に入れる事に成功した。だが、五羽のツノ兎が網の範囲から逃れており、こちらに気付いて向かって来た。

どうする？　引くか？　一瞬逡巡するが、五羽ならいけると思い、迎え撃つのを選択する。

モンスターの動きをよく観察して、避けて避けて棍棒を振り下ろして一羽目を倒す。避けて避けてやり過ごして、動きの止まった二羽目を横から殴打して倒す。避けて、避け切れない一羽を楯で防ぎ、体勢の崩れた俺に突っ込んで来る三羽目のツノ兎を地属性魔法で串刺しにする。

残り二羽。その内一羽は楯に突き刺さっているので、そのまま地面に叩きつけて倒す。残り一羽となったツノ兎など恐れるに足りず、避けた瞬間に棍棒を打ち下ろして倒した。

ふう、と息を吐き出す。達成感がもの凄くある。一仕事終えたなんてものではなく、明日から長期休暇だというくらいの達成感だ。もう何もしたくない。目の前の現実から目を逸らしていたい。

だが、それは許されない。目に映るのは網の中で蠢(うごめ)くツノ兎達。これから、こいつらを始末しなければならないのだ。

俺は一息入れると「おっしゃ、やったらー!!」と声を張り上げて、棍棒を振り翳して一羽一羽倒して行く。網の中で蠢く大量のツノ兎にはある種の恐怖を覚えるが、流れ作業をするように感情を無にして棍棒を振り下ろす。

ツノ兎を始末する作業を繰り返す中で、ふと思った事がある。さっき魔法を使っても疲れなかったなと。

そう思った瞬間には、すでに魔法を使っていた。俺は考えるよりも先に体が動くタイプなんだろう。だから後悔する。

土の棘がツノ兎を貫くと、急激な疲労が襲い膝を突いた。どうやら魔力量は成長はしているようだが、二度の魔法で限界のようだ。

まだ半分くらいのツノ兎が残っている。このまま放置して帰りたいが、勿体無(もったいな)い精神が邪魔をして作業を継続しろと訴えて来る。こなちくしょー!　と疲れた体に鞭(むち)を打ち、作業に戻った。

何だこの重労働は、割に合わないじゃないか、流石は３Ｋ職場だ。

意識が半分朦朧(もうろう)としながら作業を進めていると、また透明なガラス玉が落ちていた。拾うと手に吸い込まれるように消えて無くなる。どうやら疲れたせいで、また幻覚を見たようだ。

全部倒し終わり、ツノを回収して地上に戻ると、時刻は夕方を過ぎていた。その頃には、魔力も回復したようで普通に動けるようになっていた。今日はここまでにしておこう。

ギルドでツノ兎のツノを売却して帰りにスーパーに寄って、ビールと唐揚げ、枝豆を買って帰る。

そして今日の出来事と成果に乾杯をした。

「失恋に乾杯！」

少し涙が出るが、次の日には忘れていた。


朝起きると、ささっと準備をしてダンジョンに向かう。時間はまだ朝の六時だが、会社勤め感覚が抜けずに当たり前のように仕事に向かってしまう。

もしかしたら、俺はワーカホリックなのかも知れない。これからは可能な限り布団の中で微睡(まどろ)んでいようかな。いや、この感覚は忘れない方が良いな。次の就職先が見つかって、遅くまで寝ていたら出社が億劫になってしまうかも知れない。

次の職場は人間関係が良好なところが良いなぁ、そんな事を思いながらツノ兎とスライムを倒して行く。

今はダンジョン地下三階に来ている。この階も景色は変わらず洞窟の中で、恐らくこの光景がこの先も続くのだろう。

ツノ兎の強さは地下二階にいたのと同じで、相変わらず攻撃する時にその目を閉じている。スライムとはゲームで頻繁に登場するザコモンスターで有名なあのスライムである。はっきり言って弱い。ツノ兎よりも弱い。ナメクジのように遅いスライムは、中心にある核を潰せば簡単に倒せてしまえる。スライムで売れる物は倒した跡に残るスライム玉だけだ。因(ちな)みに値段は百円でツノ兎と一緒なのだが、これが割に合わない。

動きも遅く攻撃力も無いスライムだが、油断ならない点が一つだけある。それはスライムの体内は酸性だという事だ。それほど強い酸性ではないが、酸性対策をしていない武器で倒すと、だんだん劣化していき使い物にならなくなるのだ。

ほら、この棍棒のように。

俺が使っている棍棒は、六匹のスライムを倒しただけでボロボロになってしまっている。三千円の棍棒で六百円しか手に入らない、大赤字である。

一度、ダンジョンを出てショッピングモールにある『武器屋』へ向かう。スライムに有効な武器はないかと見て行くと、酸性対策のメッキを施した武器を発見する。しかし、そのどれもが十万円を超えており高すぎて買えやしない。

他にはないかと店内を回ると、様々な種類の武器が揃(そろ)えられており、特に剣が多く陳列されていた。

剣か、憧れるなぁ。

俺は剣を振るった事がない、というか探索者になるまで武器という物を持った事すらなかった。棍棒だって、この前初めて触ったくらいだ。日常生活を送る上で、武器を持つ必要なんてないから当然ではあるが。

物欲しそうに剣を眺めていると、店主であろうお爺(じい)さんから声を掛けられる。

「そんな熱心に見て、何か良いのがあったか？」

「いえ、剣って良いなぁって思って見てただけです。買うには予算も足りないんすよ」

「そうか、金が用意出来たら買ってくれ。何なら宝箱から出たアイテムと交換でもいいぞ」

「たからばこ？　宝箱？　宝箱っすか？」

「なんじゃい、お前も探索者だろうに、宝箱を知らんのか？」

「えっと、宝箱は知っていますけど、出るんですか？　宝箱？」

「ああ、それこそ、この剣より価値のある物が出てくるぞ。一攫千金を狙って宝箱を探すのも探索者の醍醐味だ。まあ、それも命あっての物種だがな。先ずは地道に稼いで装備を整えるのが先決だ」

　地道に働いているのに、支出が多いのは何でなんでしょうね？　その剣、カッコいいよね。お安くなりませんか？

「……この剣、試しに持ってみるか？」

「良いんすか？　是非お願いします」

　いいなぁいいなぁと物欲しげに剣を眺めていると、お爺さんが気を遣ってくれた。このまま、お前には見所がある！　この剣をくれてやろう！　なんて展開を期待していたが、特にそんなイベントは無かった。だが、別の意味でのイベントはあった。

　お爺さんに差し出された剣を両手で受け取ると、ずっしりとした重みと、ひんやりとした感触が手に伝わって来る。これが剣かと感慨に耽っていると、ピリッとした感覚が体を駆け抜け、脳内にこの剣の情報が流れ込んで来た。

何だこれと思い、剣を店主のお爺さんに返却すると、レジ横にあるステータスチェッカーを利用する。

【名前】田中 ハルト（24）
【レベル】4
【スキル】地属性魔法　トレース

表示されたステータスには、トレースなるスキルが新たに増えていた。

このスキル、何の役に立つんだろう？

トレースなんてスキルを得ても、モンスターとの戦いに使えるとは思えない。物の構成の情報は手に入るが、これをどこで使えるというのだろうか。もっと使えるスキルが欲しいなと思いながら、棍棒を三本購入して武器屋を出た。


再びダンジョン地下三階に到着すると、スライムとの戦闘は極力避けて進んで行く。戦うだけ無駄だと理解したので、必要以上に戦わない。

そして、今回は割と早く地下四階に続く階段を発見する事が出来た。そして当たり前のように、百を超えるスライムの群れがいた。俺は諦めて帰宅した。

次の日、朝からディスカウントショップに向かい、中和剤を購入してダンジョンに向かう。地下四階に続く階段の前には、引き続き百匹を超えるスライムの群れがいる。

俺は購入した中和剤を棍棒に染み込ませると、スライムに近付いて核を叩き潰した。そしてスライムから引き抜いて、棍棒を確認する。よし、損傷は無いな。

棍棒の無事を確認した俺は、次々とスライムを倒して行く。棍棒から煙が出て来たら、再び中和剤に浸けてスライムを倒す。その繰り返しでひたすらに倒して行く。

数が多く大変だが、中和剤はたっぷり用意してあるので途中で切れる心配は無い。


なに？　武器を地属性魔法で作らないのかだって？

バカヤロウ！　そんなもん昨日試したわ！

昨日の帰り、トレースした武器が作れたら良いなと思い、地属性魔法で作ろうとしたのだが、速攻で魔力切れを起こして倒れてしまった。あれが一階じゃなかったら間違いなく死んでいた。思い付いたのが遅くて助かったわ。


全てのスライムを倒した後は、スライム玉を一個一個回収して行く。すると、途中で足を滑らせて転んでしまった。スライムの残りカスがめっちゃ滑って仕方がない。ろくな攻撃しないくせに、こんなところで仕返しするとは油断もスキもあったものじゃない。

その後も三回も転んでしまい、服が汚れて家に帰りたくなった。二回目に転倒した時に、透明なガラス玉があったような気がしたが、手が当たったと思ったら消えていたので気のせいだったかも知れない。

この日、スライムでドロドロに汚れた状態で帰るしかなかった。電車で迷惑そうにしている乗客には申し訳ないが我慢してほしい。何だったら謝罪の気持ちをハグで表現しても良い。

どうですおじさん、試してみます？

両手を広げて、一番迷惑そうにしている人物に近付いてみると、全速力で逃げられてしまい駅員を呼ばれた。

待ってくれ、俺はまだ何も悪い事はしていない。えっ生臭いって？……ごめんなさい。


今日で探索者となって一週間になる。通常の社会人ならば五日働いて二日休みなのだが、ブラック企業で働いていたからか休む気にはならなかった。なので、今日も今日とてダンジョンに潜っている。

突然だが、ここに来て大きな問題が浮上した。いや、見て見ぬふりをしていたと言った方が正しいだろう。

それは、ダンジョンで働いているはずなのに貯金が減っているという事だ。

どうしてだ？　いや、答えはもう出ている。モンスターを倒す為の出費が収入より圧倒的に大きいのだ。昨日も一万五千円の中和剤を二つも買ってスライムを倒した。

それで手に入った収入はいくらだ？　一万円だ。つまりマイナス二万円だ。

おいおい、どういう事だ。俺は働いているんじゃないのか？　まさか、知らない内に詐欺にでも遭っていたのか？　恐ろしい世の中になったもんだ。ブラック企業が世に蔓延る(はびこる)のも納得だぜ。


この世の中に対する鬱屈とした思いをぶつける為に、俺はダンジョン地下四階に来ている。

ここで出現するモンスターは、前回に引き続きダンゴムシ、ツノ兎、スライム。そして、この階からヘッドバットが新たに出現する。

ヘッドバットと言っても頭突きの事ではない。大きな頭が特徴的なコウモリの事だ。ヘッドバットは普通のコウモリよりも動きは遅いが、大きく頑丈な頭で攻撃して来る厄介なモンスターだ。


……頭突きやってたな。

洞窟の中を飛び回るキィキィ五月蠅い(うるさい)ヘッドバット。頭突きをしようと接近して来たところを、棍棒で叩き落として踏み付ける。これで簡単に倒してしまえる。襲って来るモンスターで一番弱い。

せめて真っ暗な場所で、コウモリ特有の超音波によって物を認識する能力を駆使して攻撃してくるなら分かるが、照明が点(つ)いたような明るい場所では見逃すはずもなく、簡単に捉えてしまえる。

完全に場所の選定ミスである。

このダンジョンを作った奴(やつ)がいるなら、ヘッドバットに謝罪するべきじゃないだろうか。

ヘッドバットの不遇を憂えながらも、襲って来るヘッドバットを叩き落として行く。

あと忘れていたが、ヘッドバットの採取部位は右の牙だ。値段は百円。こんなに倒しやすいのに、ツノ兎やスライムと同じ値段なのだ。これまでで、一番コスパの良いモンスターでもある。

弱い上にコスパ一番。これは、ヘッドバットをもっと観察せねばなるまい。

なのでジーッと見ていると、ヘッドバットは頭部と右の牙が異様に発達しており、大変バランスの悪い姿をしていた。

それで気付いたのだが、ヘッドバットは攻撃を避ける時は右に旋回しようとする。なので、それに合わせて攻撃してやれば、簡単に当たるのではないかと考えた。

そしてそれを証明するかのように、一度攻撃のフリをすると右に旋回し出したのだ。そこをすかさず棍棒で叩き落とす。べちゃっと地面に落ちたヘッドバットは、ギィと一度鳴いて力を失った。

こりゃ楽勝だなとツノ兎とヘッドバットを狩り、ダンゴムシとスライムを無視して進んで行くと、地下五階に続く階段を見つけた。

おっ、今回は何も無いな。そう安心して階段に向かうと、天井から大量の気配を感じ取る。

そっと天井を見上げると、百羽を超えるヘッドバットが俺を見下ろしていた。

ふうと息を吐き出す。

「ですよね～」

俺は棍棒と楯を構えた。

死闘だった。ダンジョンに潜って、これほどの傷を受けたのは初めてかも知れない。

全身打撲だらけで体が痛む。もしかしたら骨が折れているかも知れない。楯も壊れ、棍棒も全て折れた。

誰だコスパが良いなんて言った奴、体も出費もどちらも痛いじゃないか。

ギルドの売店には、傷を治すポーションも売ってはいるが、安い物でも一個一万円もするので買い渋っていた。今ではそれが悔やまれる。

戦い終えると力が抜けてしまい、その場に腰を下ろす。手を突いた所にガラス玉があったような気がしたが、手を上げても何も無かったので気のせいだろう。

あー治療費高く付くだろうなー、嫌だなー治んねーかなー。なんて思っていると、体が淡く輝いて傷が治っていく。

何だ何だと驚いて体を見回していると、力が抜け動けなくなってしまった。

これはあれだ。魔力切れだ。恐らくまた何かのスキルを手に入れていたのだろう。

まあ何にしても……。

「助かった～」

暫（しばら）く休憩して動けるようになると、ヘッドバットの素材を回収して地上に戻る。ギルドに売却をしてから帰宅しようかと思ったが、傷が治った原因を知る為に武器屋に向かう。時刻はまだ十九時なので、ギリまだ開いているだろう。

目的はもちろんステータスチェック。

武器屋に到着すると、さっそくレジ横のステータスチェッカーで確認してみる。

【名前】田中 ハルト（24）
【レベル】6
【スキル】地属性魔法　トレース　治癒魔法　空間把握

ヴンッと表示された画面には、新たに治癒魔法と空間把握のスキルが増えていた。レベルも6まで上がっており、中々の成長速度ではないだろうか。

ステータスの内容に納得したところで、現実を直視しようと思う。

今回の戦闘で全ての装備を失った俺は、新たに購入しなくてはならない。痛い出費だ。本当に痛い出費だ。

俺は何でダンジョンに挑んでいるんだっけ？

お金の為だ。次の職が見つかるまでの繋ぎでしかない。なのに何故、出て行くお金の方が多いんだろう。

自問自答する。

そこで気が付いた。安い装備だから、直ぐに壊れて買い直す必要があるのだろうと。

何だ、簡単な事じゃないか。

俺は二十万円出して、鉄棍と楯と鉄の胸当てを購入する。鉄棍はカンフー映画で登場するような長物で、攻防に適した武器でもある。使った事はないが、あれくらいのモンスター相手ならどうにかなるだろうと思っている。

そして、新たに胸当てを購入したのは、今回の戦闘での教訓を活かしての事だ。多くのヘッドバットは的として大きな胴体を狙っており、胸に攻撃を受けた時は、心臓が止まりそうな衝撃で動きを止めてしまったのだ。

戦闘で動きを止めるのは死に直結する。頭部を守るのも大事だが、今回は胸当てを装備する事を選択した。

これで二十万、早く稼がなければ明日にはモヤシ生活だ。

次の日、早朝からダンジョン地下五階に来ている。

貧乏暇なしとは言うが、今の俺は正にその状態なのだろう。少しでも稼ぐ為に、僅かな時間も惜しいと考えてしまっている。

速足で洞窟の中を進んで行くと、早速モンスターとエンカウントする。

この階から新たに出現するモンスターは、カミツキガメである。見た目は、地上にいるカミツキガメそのものだ。

ただ、地上のカミツキガメよりも一回り大きく、頑丈で牙に毒が含まれている。毒は死に至るような物ではなく、精々痺れる程度だ。それでも噛み付くと、その部分の肉を根こそぎ持って行くほど強力な顎の持ち主だ。ヘッドバットの時のような油断は許されない。

目の前にいるカミツキガメは、噛み付かんとこちらに向かって来る。動きが遅く、所詮亀だなと余裕ぶっこいてハナホジで待つ。

マジで遅いなこの亀と鉄棍に寄り掛かっていると、突然首が伸びて足に食いつかれそうになった。うおっ!? と咄嗟に足を引いて難を逃れるが、ビックリしてションベンちびりそうになった。

伸びた首は元に戻ろうとするが、伸びる時と違ってその動きは遅い。そんな絶好の機会を逃すはずもなく、鉄棍を叩き込んで首を潰して倒した。

これも、油断しなかった成果である。


カミツキガメの買取部位は甲羅だけだが、何と五百円で買い取ってくれる。これまでのモンスターの五倍である。流石カミツキガメだ。サスガメだサスガメ。

早速、カミツキガメの甲羅を取ろうと作業に入る。

そして俺は諦めた。無理、硬い、外れない。

丸ごと持って帰っても良いみたいだが、一匹20kgはある物を持って移動なんてしたくない。ましてや、これが二匹三匹と増えて行ったら、とてもではないが運べない。

ハズレやカミツキガメ、何がサスガメじゃ、一番金にならんやん。

俺は討伐対象をツノ兎とヘッドバットに絞って狩る事にした。そして、暫く探索していると地下六階に続く階段を見つける。んで、当然の如く百匹は群れているカミツキガメ。

その光景を見て、俺のテンションはダダ下がりである。

やる気の無い俺は、安全最優先でカミツキガメを狩る。これは戦いではなく、ただの狩りだ。

カミツキガメに近付き、何体か別の場所におびき寄せ、噛み付こうと首を伸ばしたのを避けて、鉄棍で首を叩き潰す。それを何度も繰り返して、百匹以上のカミツキガメを狩って行く。

もの凄く時間が掛かった。昼前に始めた狩りは、終える頃には十八時を回っていた。余りにも時間が掛かるので、甲羅や他の部位を攻撃してみたが、全くダメージが通らない。諦めて首だけに狙いを定めるしかなかった。おかげで、もうくたくたである。

全てを終え、狩り残しがいないか確認していると、甲羅に躓いて転んでしまう。手を突いた先に丸い何かがあったと、スキルの【空間把握】が伝えてくるが、手を上げてもそこには何も無かった。

どこに行ったんだ？　消えたのか？

キョロキョロと辺りを探してみるが、そこにあるのはカミツキガメの亡骸だけだった。

まあ、何も無いのなら考えても仕方ない。そう思い、今日はもう帰ろうと出口に向かっていると足に鋭い痛みが走った。

何が!?　と驚いて下を見ると、首が潰れてもなお生きているカミツキガメが足に噛み付いていたのだ。

痛みに視界が歪む。俺はなりふり構わずに魔法を行使した。

「クレイニードルッ!!」

幾つもの土の棘が甲羅ごとカミツキガメを貫き絶命させる。魔法を使うのに呪文を唱える必要はないが、突然の痛みで思わず叫んでしまった。

死んで緩んだ顎を外すと、脹脛の肉が半分落ちかけていた。ここまでの負傷は初めてだ。下手すると切断されていた。

「ぐっ⁉」

痛みを堪えて、俺は残りの魔力を使って足の治療を行う。

治療の途中で虚脱感に襲われるが、構わずに治癒魔法を使い続ける。今度は吐き気を催して実際に吐いてしまった。それでも治療は続ける。

その内意識が朦朧とし始め、魔力を使い果たしたのだと何となく理解した時、俺は意識を失った。


いやー、昨日は大変だった。起きたら夜中の十二時を回っていたから焦ったね。

終電も逃し、帰るには自分の足しかなく、ダンジョンから住んでいるアパートまで徒歩で二時間も掛けて帰宅した。

もし足の治療が失敗していたら詰んでたね。

そう、足の治療は成功したのだ。傷跡など一切無く、すっかり元通りである。あって良かった治癒魔法。これがなければ、俺は間違いなく死んでいた。本当に有り難い限りだ。帰りに神社にお参りしておこう、きっと神様が今は死ぬ時ではないと言ってくれているに違いない。


昨日は帰るのが遅かったので、本日の探索は昼から開始である。そして今ダンジョン地下六階に来ているのだが、ここでは新しいモンスターは現れない。

その代わり多くのモンスターが出現する。エンカウント率が跳ね上がり、一度に三体の相手なんて当たり前のようにある。

タイプの違うモンスターを一度に相手するのは、正直きつい。上を警戒して、下を警戒しても、背後から襲われる。

空間把握のスキルがあるから攻撃を回避出来ているが、倒すのにかなり苦労している。

戦いに慣れるとそうでもないかも知れないが、今はまだその領域まで達していない。まあ、慣れる前に就職するつもりなので気にする必要もないが。

何度も戦いを繰り返して進んで行くと、地下七階に続く階段を見つけた。

今回はかなり早い発見だ。しかも、これまでのように大量のモンスターはいない。上を見ても下を見てもモンスターはいない。

更に、更にである。階段の近くには、武器屋の店主が言っていた宝箱なる物が置かれていたのだ。

俺のテンション爆上がり。

スキップして宝箱に近寄ると、二礼二拍手一礼、良い物が出ますようにとお願いして宝箱を開ける。

宝箱には、最低でも数万円はする物が入っているらしく、なかには数億円もするアイテムまであるそうだ。

期待を胸に中身を覗(のぞ)くと、腕輪が入っていた。

手に取って繁々(しげしげ)と見てみる。シルバーの簡素な腕輪、横線が幾つも入っているが目立った装飾は無い。

ハズレかなと思い腕に通して装備すると、背後で大量の気配が生まれた。

「……え?」

振り返ると、百を超えるモンスターがこちらを見ていた。

これまでは一種類だけだったが、今度は四種のモンスターが相手のようである。

こりゃやばいと、隣にあるはずの地下七階に続く階段に逃げ込もうとするが、そこには一面だけ色の違う壁が出来ていた。つまり、閉じ込められたのだ。

「これ、トラップですやん」

どうやら神様は俺を殺したいみたいだ。もう神社なんか行かねー。

死ぬかと思った。戦いに慣れるには時間が掛かるだろうなと思っていたのに、それを強制的にやらされた気分だ。

まあ、実際にそうなんだがな。

これまでより、素早く動けたのが勝因だろう。魔力も底を突きかけており、割とギリギリの戦いだった。

フラフラと地面に腰を下ろすと、やはりガラス玉が落ちていた。大変な戦いのあとに落ちているこれは、何かのアイテムなのだろうか。

本当にこれ何だろうなと見つめていると、掌に吸い込まれるように消えてしまった。

「ふんふん、ふふ〜ん!!」

えっなに、何で踊っているのかだって？　えっ違う、気持ち悪い踊りをやめろ？　うっさいわボケッ！　喜びの表現は人それぞれだろうがい！

ああすまない、少し取り乱していた。ちょっと良い事があってね。

え、何があったんだって？　知りたいの？

まあ良いだろう、教えてあげるよ。

昨日手に入れた腕輪をギルドで鑑定してもらうと、二百万円で買い取ると告げられたのだ。

【俊敏の腕輪】という名称で、素早さを一割アップしてくれる効果があるそうだ。能力向上のアクセサリーは結構貴重な物のようで、ギルドでも高値で買い取ってくれるらしい。

直ぐに売っても良かったが、昨日の戦闘で事を有利に運べたのもこの腕輪のおかげなのだとしたら、売るには少し惜しかった。それに、まだダンジョン探索を続けるつもりなので、暫くは使うつもりだ。壊れない限り価値は下がらない物らしいので、気にせず使い続ける事が出来る。


ダンジョン地下七階に到着した。

この階に現れるモンスターは、ダンゴムシとジャンボフロッグという大きな蛙のモンスターだ。

大きさは中型犬くらいあり、人の赤ん坊ならば丸々飲み込めるらしい。更に、その口から伸びる舌による攻撃は、プロボクサーのストレート並みに強いらしく、まともには食らえない。

そんなジャンボフロッグが四匹同時に現れる。俺はすかさず魔法を使い、土の棘で串刺しにした。

いきなり四匹は不味い、せめて最初は一匹だけにしてほしかった。対策が練れていないのだ。

ダンジョンよ、もう少し俺に優しくしてくれないだろうか。

そんな願いが届いたのか、次は一匹だけで現れる。

ジャンボフロッグの口元がモゾモゾと動き、伸びる舌はそれなりに速いが避けられないほどではない。

一発目を避けて、次の舌攻撃を楯で受けてみる。ガンッと音が鳴るが衝撃はそこまでなかった。

……あんまり強くないな。

スッと近付くと、ジャンボフロッグの頭部を鉄棍で潰した。

これなら簡単にいけそうだ。ハナホジモードで行こう。

ジャンボフロッグの採取部位は足に付いている吸盤だ。特に左前足の吸盤が強力なようで、一つ百五十円で買い取ってくれる。

現れるジャンボフロッグを倒して行き、偶(たま)に蛙が落とした粘膜で転びながら進んで行くと、順調に地下八階に続く階段にたどり着く事が出来た。

そして当然のように、ジャンボフロッグが群れている。

いい加減にしてくれませんかね？　こんなに出るなんて聞いてないよ。また黙(だん)りですか、そうですか、それならこちらにも考えがあります。

この状況を予見していた俺は、鞄から携行缶を取り出すと、中身をジャンボフロッグに向けて掛けまくる。その間も強烈な舌が伸びて来るが、少し体を傾けるだけで避けてしまえる。

全ての中身を掛け終えた俺は、退避してライターに火を付ける。そしてそれをジャンボフロッグに向かって投げた。

盛大に燃え上がる沢山のジャンボフロッグ。まるでキャンプファイヤーのようだ。臭いがちょっときついがな。

そう、携行缶に入っていた物はガソリンだ。

いくらモンスターでも火には勝てまい。焼かれると採取部位も無くなってしまうが、こっちには二百万もする腕輪があるのだ。ちまちま小銭を稼ぐつもりはない！　また宝箱を見つけて、高額物資を手に入れるんだ!!

よく燃えているジャンボフロッグを見ていると、何匹かこちらに襲い掛かって来る。しかし、そのどれもが負傷しており動きが出鱈目(でたらめ)になっていた。そんな蛙など脅威ではなく、どれも一撃で倒してしまえる。

やがて火は消え、残ったのはジャンボフロッグだった燃(も)え滓(かす)のみであった。

やり過ぎた。いくら何でも残酷だった。俺は心の中でちょっぴり反省する。せめて安らかに眠ってくれとジャンボフロッグだった物に謝罪をして、次の階に向かう為歩き出そうとすると、強制的に止められた。

目の前に、ベチャベチャと何かが降って来る。天井から次々と落ちて来たそれは、オタマジャクシから蛙に成ろうとする中間のような存在だった。

しかもその数が半端なく、百を軽く超えて二百匹はいるだろう。

これはアレだ。ジャンボフロッグが燃える熱に当てられて、天井から落ちて来たんだ。

まさか、天井に卵を産み付けるなんて……。知りたくもなかったモンスターの生態を知り、ジャンボフロッグの幼生体との戦闘を余儀なくされた。

いくら幼生体でも舌の強さは成体並みで、当たるとかなり痛い。しかも、幼生体だからか攻撃する位置が低く、ローキックしているかのように足を狙って来る。

全部倒すのに苦労した。ズルなんてするからバチが当たったんだ。やっぱり神社に参拝しよう。

ジャンボフロッグの幼生体の粘膜で汚れた地面は滑り易くなっており、何度も転んでしまう。倒した時に飛び散る粘膜も、顔に掛かって最悪だった。

嫌になって魔法を連発して倒したが、魔力切れの兆候が見えて十四しか倒せなかった。

仕方なく地道に鉄棍で倒して行く。目立った怪我(けが)は無いが、とにかく全身粘膜まみれだ。しかも生臭い。

こんなんじゃ電車になんて乗れない。

ダンジョンから出たらシャワーを借りよう、服も予備を持って来ているから助かった。

一応、足の生えている個体の左前足の吸盤を回収して行くが、買い取ってくれるかは分からない。それでも回収して行く。ここまでやったのにタダ働きは真っ平御免だ。

俺は、そんな気持ちで疲れた体を引き摺(ず)り、幼生体の部位を採取して行く。

途中で粘膜に足を取られて転んでしまうが、転んだ先にガラス玉があったのかは分からない。何せ、手を突いた先も粘膜だらけだったので空間把握も反応しなかったからだ。

「買い取ってくれないんですか？」

全部、作業を終えて地上に戻ると、早速ギルドの買取所に向かう。そして吸盤をカウンターに置いたのだが、残念ながら幼生体の部位は買取対象外だそうな。

「はい、これはジャンボフロッグの物ではありませんので、買い取り出来ません。オェ」

鼻を摘んで応対する受付のお姉さんに必死にお願いするが、汚物を見るような目で見られて、取り合ってくれそうにない。

俺は諦めて、幼生体の吸盤をゴミ箱に捨てると、シャワーを浴びずに家に帰った。


昨日気付いたのだが、魔法の使用回数が急激に伸びている。しかも、魔力のロスが少なく感じるし魔法もスムーズに発動出来るようになっていた。

これはきっとあれだ。レベルが上がって魔力量が成長しているんだな。どうやら俺は、魔法使い向きの探索者なのだろう。今度からは、積極的に魔法を使って行くべきなのかも知れない。

俺は警察署から出ると、その足でダンジョンに向かった。

ん？　何で警察署にいるのかだって？

そんなの決まっているじゃないか。昨日、粘膜まみれで電車に乗ろうとしたら駅員に通報されて、そのまま警察署まで連行されたからだ。

世の中理不尽だと思わないか、真面目に働いてるのに連行されるんだぜ。

警察署に着くとシャワーを借りて体を洗い流し、洗濯機を借りて洗濯すると、そのまま朝まで留置所で過ごした。

思ったより快適だったから驚いた。

そして今朝方、警察から迷惑掛けるなよと念押しされて解放されたのだ。

失礼な、これまでの人生で人様に迷惑掛けた事なんて……なんて……たぶんないわ。


今日は、これからダンジョン地下八階に挑む。

この階に出現するモンスターは、ジャンボフロッグと新たに痺(しび)れ蛾(が)が加わる。

痺れ蛾の直接的な攻撃は体当たりだが、その際に発生する鱗粉(りんぷん)が危険だった。その鱗粉には体を痺れさせる効果があり、吸い込みすぎると暫くのあいだ動けなくなってしまう。そこを他のモンスターに狙われたら、負傷し最悪命は無いだろう。

そう、痺れ蛾はかなり危険なモンスターなのだ。


通路の先には、痺れ蛾とジャンボフロッグが横並びで待機している。可能なら先にジャンボフロッグを倒しておきたいところだが、痺れ蛾がひらひらと舞っており近寄り難い。これで麻痺(まひ)させられたら、サンドバッグと化して舌のストレートを食らってしまう。

ならばと、地属性魔法で先制攻撃しようと魔力を練り上げる。あとは使うだけとなったのだが、予期せぬ出来事が起こった。

ジャンボフロッグが痺れ蛾を舌で捕らえて食べてしまったのだ。

……ん？

そして、痺れ蛾を食べたジャンボフロッグは全身が痺れたようで、ひっくり返って動かなくなってしまった。

俺はジャンボフロッグを倒して先に進む。

この階は簡単に終わるかもしれん。そんな予感がした。

痺れ蛾は何故かジャンボフロッグとペアで現れる。そして暫く見ていると、ジャンボフロッグが痺れ蛾を食べて動けなくなるという事が続いた。

ジャンボフロッグ単体で現れる事もあるが、鉄棍で簡単に倒せてしまうので脅威には感じない。

順調に進んで行くと、やがて地下九階に続く階段を見つけた。

そして当然の如く百を超える痺れ蛾が飛んでいる。

俺は踵を返して来た道を戻り、痺れた状態で倒れているジャンボフロッグを十四ほど痺れ蛾の群れに放り込んだ。

ジャンボフロッグは数分もすると起き上がり、痺れ蛾を捕食する。そしてまた痺れて動けなくなり、また数分もすると起き上がり痺れ蛾を捕食する。

その様子を観察していると、二時間ほどで全ての痺れ蛾がいなくなってしまった。

俺は痺れて動けなくなっている功労者達に労いの言葉と共に止めを刺すと、落ちているガラス玉を手に取り、手の中に消えて行くのを見届けた。

この階は楽だったなと思いながら、俺は次の階を少しだけ探索して地上に戻った。

帰りに武器屋に寄ってステータスを確認してみる。

【名前】田中 ハルト (24)
【レベル】9
【スキル】地属性魔法　トレース　治癒魔法　空間把握　頑丈　魔力操作　身体強化　毒耐性

レベルも上がり、スキルも結構増えていた。魔法が使いやすくなっていたのは、魔力操作のスキルを得ていたからだろう。身体強化ってのがよく分からないが、今度意識して使ってみるとしよう。

それにしても、自分が強くなっているのを目で確認出来るのは良いな。ダンジョンに挑むモチベーションも維持出来るし、収入もそれなりに……ないな。

余計な事を考えたせいでやる気が失せてしまった。俊敏の腕輪を売れば十分にプラスだが、毎回の収入がバイト以下という事実は変わらない。

はあと溜息を吐いていたからだろうか、心配した店主が話しかけて来た。

「どうした、盛大な溜息吐いて。幸せが逃げて行くぞ」

「不幸せだから、こうやってばら蒔いてるんですよ。お爺さんにもお裾分けしましょうか、はぁ」

「くさっ!? 歯くらい磨け、不幸の前に病気になるぞ!」

「失礼な、朝晩毎日磨いとるわ!」

なんて下らない会話をして気分を回復させると、予備の武器としてコンバットナイフ二本と袋を購入する。恐らく、地下九階では必要になるだろうから。

「ありがとよ、また利用してくれ」

「サービスしてくれるんなら次も来てあげますよ」

「厚かましいなこの野郎」

そして翌日、午後からダンジョン地下九階を攻略して行く。

午前中は地下八階で作業をしていたので、少し遅くなってしまった。

さて、地下九階から新たに出現するモンスターはゴブリンだ。ゴブリンとはあのゴブリンで間違いない。物語やゲームでは、スライムと同列にされる事の多いザコモンスターである。人の子供くらいの大きさで、手には錆(さ)びたナイフや木の棒が握られている。

昨日戦った感じでは小学生を相手にしているみたいだったが、舐(な)めてかかると怪我では済まない。大人だろうが子供だろうが、武器を持った奴の相手は危険なのだ。

この階では、モンスターが二体以上同時に出現する。組み合わせは毎回異なるが、痺れ蛾が加わるだけでその難易度は格段に下がる。

今、対峙(たいじ)しているのはゴブリン二体と痺れ蛾だ。

鉄棍を構えて警戒していると、ひらひらと舞う痺れ蛾は鱗粉を振り撒き、近くにいるゴブリン達を麻痺させてしまった。

……もう痺れ蛾は敵ではないのかもしれんね。

痺れ蛾を鉄棍で叩き落とすと、倒れているゴブリンに止めを刺す。

痺れ蛾の羽は売れるし使い道があるので回収する。ゴブリンには残念ながら買い取ってくれる部位は無い。だが、鉄製の武器は重量で買い取ってくれるので回収しておく。

こんな調子で進んで行くと、地下十階に続く階段を発見した。

そしていつものように、百体を超えるゴブリンが群れを成していた。

他の探索者達は、こんなのを良く乗り越えられたなと感心する。俺もなんとかやれてはいるが、使える物を全部使ってやっとだ。こんなに大変だと知っていたら潜っていなかった。世の探索者は化け物だな。

俺は昨日買った袋を取り出すと、ゴブリンの群れに向かって放り投げた。

袋が着弾すると中身が辺りに充満する。更に二つの袋を投げ入れて、中身が充満するのを待つ。

少しすると、ゴブリンが一体、また一体と倒れていく。

うむ、狙い通りだ。

袋に入っていたのは痺れ蛾の鱗粉だ。午前中に地下八階でやっていた作業とは、痺れ蛾を捕まえて鱗粉の袋詰めをすることだったのだ。

全てのゴブリンが倒れたのを確認すると、コンバットナイフを手に近付いていく。そして、痺れて動かないゴブリンの首を一体一体切り裂いて止めを刺す。

側(はた)から見れば、通報待ったなしの猟奇殺人だろう。

だが残念な事に、ここには俺とゴブリン達しかいないので助けなんて来ない。諦めて成仏しろ、ゴブリン。

南無南無と次々と止めを刺して行き、残りも少なくなって来ると、変化が起こった。

「ギャギャギャギャーーーーッ！！！」

突然一体のゴブリンが叫び声を上げたのだ。

麻痺が解けて来たのかと思い、鱗粉の入った袋を投げる。だが、それでも叫び続けるので優先的に始末する。

一体何がしたかったんだ？

逃げるでもなく、ただ叫び続けたゴブリン。その疑問の答えは、全てのゴブリンを始末してから分かった。

地下十階に続く階段から、一体のゴブリンが姿を現したのだ。

そう、あのゴブリンは仲間を呼んだのだ。上位者に助けてもらう為に、同胞を救う為に、力の限り叫んだのだ。たとえ間に合わなかったとしても、あのゴブリンは命を賭して必死に足掻いたのだろう。

その結果、現れたのが一体の大きなゴブリン。

ただのゴブリンではない。人間の子供くらいの大きさしかないゴブリンとは違い、身長１８０㎝はある大人のゴブリンだ。

鍛え上げられた肉体に、その手には黒い片刃の大剣が握られており、明らかにこちらを敵視している。

大人のゴブリンは死屍累々となった場所を眺めて、苦虫を噛み潰したかのような悔しげな表情をする。そして俺を睨んだ。

「――っ!?」

背筋が凍るような殺気に、思わず飛び退いて鉄棍を構える。足場のゴブリンの亡骸が邪魔だが、気にする余裕はない。

はあはあと荒くなる息を必死に整え、目の前のゴブリンの動きに注視する。逃げられるのなら逃げ出したいが、このゴブリンに背を向ければ、追いかけられて間違いなく殺される。

覚悟を決めろ、戦って生き残るんだ！　そう自分の心を鼓舞して、迫る大剣に吹き飛ばされた。

「がっ!?　かはっ！」

地面を転がり無様に這いつくばる。鉄棍は近くに転がっているが、大剣を受けた衝撃で少し曲がっていた。

反応出来たのは【空間把握】のおかげだった。大人のゴブリンが動き出すのに反応して鉄棍を動かすと、偶然、大剣の軌道と重なり受ける事が出来たのだ。受け止めきれずに吹き飛ばされたが、結果として俺は生きている。

這いつくばった状態で大人のゴブリンを見ると、表情は変わらず憤怒に染まっている。

大人のゴブリンは獰猛な怒りを湛えた顔でクイッと顎を動かす。まるで早く立てとでも言っているかのようだ。

どうするどうするどうする！　頭をフル回転させながら必死に考える。先程の一撃が全力なら、まだなんとかやりようはある。だが、それは無いと断言出来る。今のが本気なら、俺が倒れたところに追撃を加えていたはずだ。それなのに見逃したという事は、俺の実力程度では己の脅威にならないと見抜いているのだろう。

……舐めやがって。相手との実力差はしっかりと認識している。それでも侮られたのが悔しかった。

見返してやろう、俺の力をこいつに見せてやろう。

俺は魔力を練り上げ、スキル【身体強化】を意識しながら立ち上がる。頭の中で、自分が使えるスキルを思い出して、やれる事を整理していく。

はっきり言って勝ち目は薄いし、身体強化だって今初めての使用だ。【頑丈】だって、どのくらいの効果があるのかも理解していない。

それでも、曲がった鉄棍を手に取り力強く構えてみせる。負けてたまるかと、意地でも強がってみせる。

俺の気迫が伝わったのか、ゴブリンの表情が怒りから警戒へと変化する。

ふぅーと大きく息を吐き出し、今度はこちらからだと力強く踏み込み距離を一気に縮めていく。

俺の鉄棍の振り下ろしは半身になるだけで避けられ、横薙ぎは大剣で防がれる。ギリギリと近付くゴブリンの凶悪な顔、その顔には笑みが浮かんでおり、まるで楽しんでいるかのようだった。

「ぐっ!?」

近付いた顔は、力任せの大剣により引き離される。

今度は転がらずに踏み止まったが、お返しとばかりに大剣が迫る。狙われているのは俺の首。しゃがんで軌道から逸れると、頭上を大剣が通過し髪が何本か切られてしまう。

だがこれで、ゴブリンに隙が出来た。

食らえと、ガラ空きになった腹に鉄棍を叩き込もうとすると、空間把握が大剣の軌道を知らせて来る。

ヤバッ!?　左腕に付いた楯を頭上にやり、上段からの一撃に備える。次の瞬間ゴッと音が鳴り、楯が一撃で砕かれ、左腕にもの凄い衝撃が走った。

ゴブリンの攻撃は横薙ぎの一撃だけではなく、そこから軌道を変えた上段からの振り下ろしに繋がっていたのだ。

死んでいた。空間把握のスキルがなければ死んでいた。身体強化でこのゴブリンの動きには付いていけても、武器の技量で圧倒的に負けている。

「クレイニードル！」

苦し紛れに土の棘をゴブリンに向けて放つが、あっさりと避けられてしまう。それでも時間は稼げた。

痺れる左腕をトレースで調べる。骨は折れておらず無事なようだ。折れていたとしても、治癒魔法で治せるが、今は魔力を温存しておきたい。

再び、大人のゴブリンと対峙しようと構えて違和感を覚えた。それは、自分の体からのもので、正確にはスキルによるものだった。

今、俺はトレースを切り忘れて動いたのだが、体を動かす情報が頭に流れ込んだのだ。筋肉の収縮、呼吸法、血液の流れを認識してしまった。

それが原因で、突然の情報量に動きを止めてしまい、ゴブリンの接近を許してしまう。

下段からの鋭い振り上げを、焦って鉄棍で受け止める。だが威力に押されて跳ね上げられてしまい、胸当てに当たり両断される。これで防具が二つともダメになってしまった。だが、今の俺はそれどころではなかった。

トレースを使用していたせいか、自分の情報だけでなく、大人のゴブリンの体の情報まで流れて来たのだ。

上段に振り上げられた大剣は、その軌道を袈裟斬り(けさぎ)へと変える。それがなんとなく分かってしまい、ゴブリンの腕に向けて突きを放った。

「ギッ!?」

初めて大人のゴブリンから悲鳴が上がる。それでも、大したダメージにはなっていないようで、大剣を落とす事はなかった。

一度動きを止めたゴブリンだが、力任せに大剣を振り抜いた。もちろん、そんなものに当たるはずもなく、大きく距離を取って回避する。

ふうと息を吐き出し、今度はスキルを使ってゴブリンを注意深く観察する。

トレースがゴブリンから読み取った情報は体の構造と、動かし方の二つ。ゴブリンの身体(からだ)は人に近いが、心臓が結晶化しており、そこから全身に魔力が広がっているのが分かる。

あそこが弱点なのだろう。まあ、それが分かったところで、攻撃が届くかは別の話だが。

空間把握がゴブリンの動きを捉え、トレースが動きを読み取り、どのように動くのか予測する。

連続して繰り出される剣技をよく観察し、避け、鉄棍で受け流して、カウンターで鉄棍を叩き込む。これも大したダメージにはなっていないが、俺の攻撃は当たるようになって来ている。

「ガッ!!」

攻撃を受けたのがそんなに気に食わなかったのか、ゴブリンの勢いが更に増す。息つく暇もなく続く剣の嵐の全てを避けきるのは困難で、俺自身も傷を増やしていく。だがそれも、切り傷が多いだけで致命的なダメージは受けていない。

「ふっ!　ふっ!　はっ!　はっ!」

短く呼吸を行い、ゴブリンの動きに集中する。筋肉の動きを、大剣の軌道を、どこでどう力を入れているのか学習して、この大人のゴブリンを深く理解する。

力で負けて、素早さでも負けて、体力でも負けていた。武器の扱いなんて比べるのも烏滸(おこ)がましい。それでも、俺の攻撃はゴブリンに届くようになり、やがて圧倒する。

「クレイニードルッ!!」

大声で叫び、土の棘でゴブリンを狙う。だが、声で何かをするのを予測していたのだろう、即座に飛び退いて距離を取られてしまう。

だがそれで良い。勝つには全てを使い切るしかないのだから。

鉄棍を使い、足元に転がったゴブリンの亡骸達を纏めて投げ付ける。視界が塞がるが、構わずに大人のゴブリンに向かって走り出す。

俺からあちらが見えないように、向こうからも俺が見えていないだろう。だが、空間把握は大人のゴブリンの位置を正確に教えてくれる。

そこに向かって鉄棍を投げると、亡骸の間を通り大人のゴブリンに届く。だがそれは、大剣によって軽々と防がれてしまった。

それと同時に魔法を使う。土の棘をゴブリンの足元から、無言で行使する。

「ギャッ!?」

幾つもの土の棘が大人のゴブリンを貫き、その動きを縫い留める。

「うおおおーーーー!!!」

もうここしかなかった。コンバットナイフを引き抜き、叫び声と共に大人のゴブリンに飛び掛かる。

奴も俺の存在に気付いて、土の棘を砕いて動こうとするがもう遅い。ゴブリンの心臓にナイフを突き立てる。そして、その刃は命に届いた。

ガハッとゴブリンは緑の血反吐(ちへど)を吐き出し、その身に満ちていた生命力が急速に失われていく。

そんな状態でも、大剣を持っていない手が動き、拳が俺の頬を貫いた。

「がっ!?」

脳が揺らされ視界が歪む。同時に魔力の操作が疎かになり、魔法への供給と身体強化が解けてしまった。

やばい、ゴブリンが動き出してしまう。膝を突き力が入らない体を必死に動かそうとするが、上手くいかない。

まずいまずいまずいまずい！　焦りを隠しきれずにどうにか動こうとするが、倒れるだけで起き上がる事も出来なかった。

ここまでか、そう思い覚悟を決めると、ドウッと倒れる音が響いた。

「……倒したのか？」

いつまで経っても動かない大人のゴブリン。空間把握とトレースを使い彼の状態を見ると、息をしておらず、心臓の結晶は砕けて機能を停止していた。

暫くして動けるようになった俺は、立ち上がり倒れた彼の下へと歩み寄る。

倒れている彼の体は何箇所かの打撲の跡に、穴だらけになった下半身と腕、そして、胸には止めとなったナイフが刺さっていた。そして、その手には死してなお大剣が握られていた。正に武人である。

俺は、治癒魔法で傷を回復させると、その場に腰を下ろして休憩する。鞄から水筒を取り出して水を飲み干し、一息吐いた。

昨日、ステータスの確認をしていて良かった。スキルに頑丈や身体強化が増えているのに気付いていなかったら、何も出来ずに負けていた。

全てのスキルを駆使して、何とか戦えたようなものだ。きっと、どれか一つでも欠けていたら勝てなかった。

役立たずだと思っていたトレースが、一番役に立ったのは意外だったがな。

大人のゴブリンの動きをトレースして、動きを予測出来たのは大きかった。これがなければ、今頃、転がっていたのは俺の方だろう。

もう一度、彼が動き出さないのを確認すると、頭を下げて彼に敬意を示す。

どうして頭を下げたのか自分でも分からない。ただ、そうしなければと思ったのだ。

頭を上げると武器の回収に回る。ゴブリン達の武器の多くは棍棒で、残念ながら売れない。金属製の物は二十に届かないくらいしかなかった。

そして最後に、大人のゴブリンの手から大剣を取ろうとすると、スッと手が開いた。

まるで大剣を託されたかのようだった。

武器回収の途中で、ガラス玉がゴブリンの群れの中と大人のゴブリンの横に落ちていた。二つのガラス玉はコロコロと転がると、一つに重なり黄色の玉となる。それを拾うと、俺の手の中で溶けるように消えてしまった。

昨日の、大人のゴブリンとの死闘では得るものが多かったが、流石に疲れた。これまで休みなく探索していたので、今日はしっかりと休もうと思ったのだが、何故か足がダンジョンに向かってしまう。

まあ、その前に武器屋に寄り、新しい胸当てと腕に取り付け可能な楯を購入する。予算は五万円。これは昨日の探索で得た収入である。

ゴブリンの武器はどれも質が悪く、一度潰さないといけなかったが、ただ一本だけ価値のあるナイフが交ざっていた。

それは、魔力を込めると切れ味が増すナイフで、六万円で買い取ってくれたのだ。これは、俊敏の腕輪を除けば最高額の収入だ。

そして、大人のゴブリンが使っていた大剣は売っていない。

この片刃の大剣は俺が使うつもりだ。

あれだけ激しく打ち合ったのに、刃こぼれ一つしていない。この大剣ならば、これからの探索で役に立ってくれるはずだ。それに、大人のゴブリンの動きをトレースしており大剣の使い方は覚えている。練習は必要だろうが、十分に使い熟(こな)せる自信はある。

買い物を終えた次は、レジ横で恒例のステータスチェックを行う。

【名前】田中 ハルト（24）
【レベル】10
【スキル】地属性魔法　トレース　治癒魔法　空間把握　頑丈　魔力操作　身体強化　毒耐性　収納空間

スキルに収納空間なるものが増えていた。

これは何だと早速ダンジョンに入って試してみる。すると、手に持っていた大剣が消えてしまった。

消えた所には空間の切れ目があり、そこに手を突っ込むと大剣を取り出す事が出来た。

……これ、凄く便利ですやん。

持っていた荷物を全部入れてみると問題無く全て入り、そして取り出せた。どれだけの量入るか分からないが、これは収入アップのチャンスではなかろうか。

これまでは荷物の関係で諦めていた採取部位を、全て持ち帰る事が出来る。それだけで収入が跳ね上がる。一緒にテンションも上がる。正に良い事尽くめだ。


このテンションを維持したまま、ダンジョン地下十階へと突入する。ここまでの道のりは、間違いなく最速である。

この階では、新しい種類のモンスターは現れない。

これまでのジャンボフロッグ、痺れ蛾、ゴブリンが現れるだけである。ただエンカウント率が非常に高く、一度に遭遇するモンスターの数も増えている。

決して油断をして良い場所ではない。

大剣を横薙ぎにしモンスターを纏めて倒す。

厄介な痺れ蛾の鱗粉も、スキル【毒耐性】があるので気にせずに倒せる。

ダンジョン地下十階はモンスターとの戦闘が多く、大剣の練習にはうってつけの場所である。

大人のゴブリンの動きを真似しながら大剣を振るう。少しのズレを修正して再び振るう。それだけで、現れるモンスターを始末出来る。

油断は禁物だと言いながらも、次は魔法と大剣を組み合わせた連続攻撃を試してみる。

痺れ蛾二匹を土の弾丸で撃ち落とすと、ジャンボフロッグを土の棘で串刺しにし、ゴブリン二体を袈裟斬りにする。

良い感じだ。呪文を唱えなくても、即座に魔法を放てるようになり、新たに土の弾丸の魔法も覚えた。昨日から急速に成長しているのを感じる。確かな手応えに、俺は戦うのが楽しくなって来ていた。

……危ないな、この感覚は抑えよう。

好戦的になっている感情を宥めて先に進む。それから何度も戦闘という名の練習を繰り返し、大きな扉の前に立った。

ダンジョンには、十階ごとにボスモンスターが出現する部屋が存在する。

強力なボスモンスターを倒した先には、次の階に続く階段と一階から飛べるポータルが設置されており、次からはそこから探索が開始出来るようになる。

ここに来るまで、既に十時間は過ぎている。それだけの時間を短縮出来るのなら、早くポータルに登録するべきだろう。だが、この扉の先で待っているのはボスモンスターだ。昨日の大人のゴブリンよりも強いかも知れない。そうなると、いくら何でも勝ち目は薄い。それでも、俺なら大丈夫だろうと根拠のない自信があった。

俺はボスモンスターが待つ部屋の扉を開くと、勢いよく突入した。

そこに居たのは、完全武装したゴブリン三体と魔法を使うのか杖(つえ)を持ったゴブリン一体だった。

ゴブリン達の先にはポータルに続く扉があり、更にその横には宝箱が置いてあった。

うん。戦い終えて、俺は宝箱を開ける。中身は短い木製の杖で、魔法使いが持っていそうなアイテムだった。

魔法使いのゴブリンの横に、ガラス玉が落ちていたので、拾って手の中に消えるのを見届ける。

え？　戦いはどうなったかって？

はっきり言って楽勝だった。地下九階で戦った大人のゴブリンの方が圧倒的に強かった。出現する順番を間違えているんじゃないかと疑うレベルで弱かった。

完全武装したゴブリン達は、大剣を受け止める事も出来ずに真っ二つになり、魔法使いのゴブリンは火の玉を飛ばして来たが、速度が遅く避けるのは簡単だった。

お返しとばかりに土の弾丸を飛ばすと、何の抵抗も出来ずに貫かれてしまった。

こんな簡単に終わるはずがない、更にモンスターが出現するのではないかと思い構えを解かなかったのだが、いつまで経っても何も起こらなかった。

何故か期待外れのような気分を味わいながら、俺はボス部屋を出た。

扉の先には、ポータルと呼ばれる魔法陣があった。それは、一階に設置されていた魔法陣と同じ物で、それに触れると何かが繋がるような感覚を覚えた。

これで登録が完了したのだろうか。

試しに魔力を流すと、ポータルが起動してダンジョン一階に飛ばされた。

【名前】田中 ハルト（24）
【レベル】11
【スキル】地属性魔法　トレース　治癒魔法　空間把握　頑丈　魔力操作　身体強化　毒耐性　収納空間　見切り
【装備】不屈の大剣　木の楯　鉄の胸当て　俊敏の腕輪

閑話　どこかのギルドの受付嬢

キリッとした目つきで、探索者協会に入って来る探索者達を見る。その中に目的の人物はおらず、力を入れていた目元を脱力して、愛嬌のある受付嬢本来の顔に戻った。

いつもなら、この時間帯までに戻って来るのだが、今日はいつもより遅い気がする。

「誰捜してんのよ？」

そんな事をしていたからか、隣に座る同僚から指摘される。同僚を見ると揶揄うような表情をしていた。

「さあ、なんの事でしょう？」

「あの人でしょ、低階層でモンスター狩って来る人。協会に登録してないから名前は知らないけど」

「知りませんねぇ、それよりも仕事に集中して下さい」

ツンとした表情で同僚の指摘を回避するが、逆にそれで確信を得たのか、更に追及が始まる。

「ねえ、どこが気に入ったの？　はっきり言って地雷だよ、あれ」

「っな!?　し、失礼な、彼はそんな地雷なんて奴じゃありません」

「ふふっ、分かりやすい」

口元を押さえて笑う同僚を見て、カーッと顔が熱くなる。別にそれがバレたからといって、何か変わる訳でもないのだが、何故か無性に恥ずかしかった。

ふんとそっぽを向いて仕事に戻る。無駄話はこれくらいにして業務に集中しよう。なんて思うのだが、同僚はそれを許してくれない。

「でも、どうして登録しないんだろうね？　絶対に得だし地下十階から始められるのに。何か聞いてる？」

探索者協会に登録すると、地下二十階を突破した先輩探索者が、ダンジョン地下十階のボスモンスターをクリアするまで引率してくれるサービスを受けられる。

「お金が無いとは言ってましたけど、でも……」

彼が身に付けている装備を思い出す。

鉄棍に鉄の胸当て、木の楯を装備しており、着用しているグレーのインナーも衝撃を和らげる防具服だ。それだけで登録料の十万円に届く。資金が無いというなら、それこそ地下十一階で採掘した方が稼げるし初期投資も早く回収出来る。

それが探索者界隈では常識なのだが、何故か彼は頑なにそれを拒んだ。

「……彼ってその常識を知らないんじゃない、説明したの？」

「しようとしたんですけど、話聞く前に出て行ったんです」

話を碌に聞かずに出て行ったので、最初は知り合いの探索者に引率してもらうものだと思っていた。それは珍しい事ではなく、一定数存在していた。

また、それが探索者協会にとって不利益かというと、そんな事はなく、寧ろ人を用意しなくて良

いので推奨しているくらいだ。

「ねえ……」

「何ですか？」

「そんな男のどこが良いの？」

「………別に良いなとか思ってないですよ。ただ毎日頑張ってるから応援しているだけです」

ジト目を向けられて視線を逸らす。応援しているだけなのだから、別に良いじゃないか。誰にも迷惑は掛けていないし問題ないだろう。買取金額に色を付けたが、それも規定範囲内の値段だ。表には出さないが、見所のある探索者にやる気を出させる為の処置として、探索者協会でも認められている対応だ。だから特別視している訳ではなく、当然の行為なのだ。

「ダメンズ好きも程々にしないと、痛い目見るよ」

「なっ、別にダメンズ好きじゃないですよ！」

「ちょっと、大声出さないでよ」

「ごめんなさい、でも変な事言うから……」

協会内に人が少ないとはいえ、大きな声を出せば注目を集めてしまう。ちょうど入って来た高校生の子達も、驚いてこちらを見ている。

登録はこちらですよーと笑顔で誤魔化して、高校生四人の登録を行う。男子一人に女子三人という滅多に見ない組み合わせだ。所謂、ハーレムパーティというやつだろう。

登録完了しましたと伝え、引率をする探索者の手配を行う。時刻も十七時を過ぎようとしており、探索は後日という事になった。

彼らはまだ高校生なのに、しっかりと受け答えをして話を聞いてくれた。どこぞの男とは大違いである。

彼ももう少し話を聞いてくれたらなと思わなくはないが、不器用に頑張る姿を何故か応援してしまう自分がいた。

まだ戻って来ないのかなと玄関を眺めるが、入って来るのは別の探索者ばかり。

この日、ついに彼が戻って来る事はなかった。

その代わりに、地下十一階に強力なモンスターが現れたと報告があり、探索者協会が大慌てな一日になってしまった。

二万円。これがボスモンスターを倒して地下十階をクリアした成果だ。内訳はモンスターの部位一万円と初心者ワンド一万円からなる。

初心者ワンドとは宝箱から出た魔法使いの杖の事で、名前の通り初めて魔法を使う人用の武器なので、熟練した魔法使いには扱い難いらしい。

ならば、まだ魔法を使い始めて日の浅い俺にピッタリじゃないかと思い試してみたのだが、これまでと変わらないどころか、魔力の流れが悪くなって魔法が使い難くなってしまった。

使えんやんこれとガッカリして買取所に持って行くと、その買取金額も最低の一万円に設定されているようだった。

宝箱から取れたアイテムはうん十万〜うん百万はするのが通常のようだが、稀にこんなゴミのようなアイテムも出現するらしい。

因みに、武器屋では初心者ワンドを一万五千円で売っている。これを良心的と捉えるかどうかは貴方次第である。

これからダンジョン地下十一階に挑むつもりだが、その前に道具を揃えておこうと思う。

昨日、ネットでダンジョン地下十一階の情報を調べると、どうやら様々な鉱石が採れるようで、採掘している人も結構多いのだとか。更に、モンスターも強力になっており、これまでよりも過酷な戦いが待ち受けているらしい。

なので、今回購入するのは採掘用のピッケルとポーション。治癒魔法があるからポーションは要らないと思うかも知れないが、魔力が尽きたら回復出来ないのは致命的である。

買い物を済ませて準備も調(ととの)ったので、先日登録したポータルを使って地下十階に飛んだ。

地下十一階はこれまでと変わらず洞窟の中なのだが、通路の幅が広くなっており、光量も減り薄暗くなっていた。

到着して最初に驚いたのは、他にも探索者がいた事だ。

しかも十人以上はいる。これまでダンジョン内で一度も他の探索者を見かけなかったのに、ここでは多くの探索者がピッケルを持って採掘していた。

しかも、その殆(ほとん)どが高校生か大学生の二十歳前の若者達(たち)。

「もしもし君達何してるの～？」なんて聞けたら良かったのだが、年下とは言え初対面の人に馴(な)れ馴(な)れしくするほど、俺の神経は図太くない。

だから、彼らの行動を背後から観察する。

ジーッと、ジーーーッと俺の視線で穴を開けてやるという気迫を込めて彼らを見る。

それで分かったのだが、どうやら彼らは一つのグループのようで、採掘組と運搬組、護衛組に分かれて行動しているようだった。

採掘組は六名と最も多く、続く運搬組は三名、護衛組は二名といった感じだ。護衛組は、グループの中でも最も強そうな男女が担っているが、さっきからこちらを見ていて護衛に集中していない。たるんでるな。仲間は注意しないのか？　そんな事を思っていると、女性の護衛がこちらに近付いて来た。ここは、ひとまず友好的に挨拶でもしておこう。初めての探索者との遭遇だし、採掘の仕方を教えてくれるかも知れない。

「あ、こ、ここ、こんにちは」

目付きのきつい美人な女性に睨（にら）まれて、噛（か）んでしまう。

「さっきから何なんですか、ずっとこっち見て！」

「え？　な、何でもないよ、見てただけだから。ははっ、どんな事してるんだろうって気になったんだよ。本当だよ、俺、探索者始めて日が浅いからさ、ちょっと勉強出来たらなって見てたんだよ」

「ふーん。はっきり言いますけど、迷惑なんです。貴方を怖がって作業に集中出来ないんですよ。気持ち悪いんですよ、あっち行ってくれませんか」

「え、迷惑？　きも…怖い……ごめん」

さあ、これから地下十一階の探索だ。

ここで出現するモンスターは、ゴブリンとビックアントになる。ゴブリンは昨日までに何度も倒しているので問題無いが、ビックアントは初めてのモンスターだ。ビックアントは小型犬くらいの大きさの蟻のモンスターで、強靱な顎と口から酸を飛ばして攻撃して来る。

稀に群れを成して行動するようだが、そんな時は攻撃しなければ襲って来ないらしい。

ん？　なに？　さっきの奴らはどうしたんだって？

何を言っているんだ。俺は今、地下十一階に来たばかりだぞ。さっきの若い探索者なんていなかったんだよ。分かったな。


ビックアントと対峙する。カサカサと素早く動くビックアントは、足を狙って距離を詰めて来る。噛み付き攻撃を避けて距離を取ると、口から酸を飛ばして来た。それも見切り横に避けると、今度はこちらから距離を詰めて大剣を振るう。

大剣はあっさりとビックアントの頭を叩き割って、その命を絶った。

余裕だな。攻撃もさして速くないし、動きも一直線なので避けやすい。まだゴブリンの方が手強いくらいだ。

そんな評価を下して先に進む。それからもゴブリンやビックアントと戦ったが、二種類のモンスターの攻撃は脅威ではなかった。

それから間もなく、地下十二階に続く階段を発見する。

「おっ、おっおー！」

目の前に広がる光景に驚いて足を止めてしまう。

居ないのだ、ビックアントが。これまで階段の前に群れを成していたモンスター達が居ないのだ。

上を見る。何も居ない。蟻だから下からか!?　気配を感じない。宝箱もない！……いや、それはあって欲しかったな。

とにかく何も居ないのだ。

俺は涙を流して喜んだ。もう大量のモンスターと戦わなくて良いのだと、命の危険は無いのだと心の底から喜んだ。

きっと他に探索者がいたから、そっちに行ったのだろう。戻って来んなよお願いだから。

感動して何も居ない階段に進もうとしたら、何処からか悲鳴が聞こえて来る。いや、悲鳴だけではなく地面が揺れているような気がする。

ここにいちゃまずい気がして、ダンジョンから脱出しようと引き返すと、幾つか曲がった道の先から二人の男女がこちらに向かって走って来た。

その背後に大量のビックアントを連れて。

何やってんだ？　そう思い目を凝らしてみると、必死に逃げている二人には見覚えがあった。俺を迷惑そうに追い払った護衛組の二人だ。

二人には悪いが助けてやれそうもない。百匹くらいならまだ何とかなったかも知れないが、千を遥かに超える数のビックアントが相手では、とてもではないが勝てそうにもない。

南無南無。俺は二人の無事を願って地下十二階に続く階段に向かった。

幾つかの角を曲がり、あと少しかなともう一つ道を曲がったら、何故か必死に走る二人と鉢合わせした。

そして、彼らは当然の如く大量のビックアントを引き連れていた。

「うおっ」と声を上げて驚いた。向こうも「えっ」と驚いた。そして俺達は一緒に走った。

走りながら事情を聞くと、何でも仲間の一人が行軍するビックアントを攻撃してしまい、怒らせてしまったそうな。

そんな仲間を助ける為に、更にビックアントに攻撃を加えて、標的を護衛の女性が引き受けたらしい。

それを見て焦ったのが、この息も絶え絶えな男性。一人でそんな危険な目に遭わせてなるものかと、自身もビックアントに攻撃したそうだ。

そうか、じゃあ俺は関係無いな。この先にあるT字路でお別れだ。

俺は大きな声で「そこを左に曲がるぞ！」と指示を出すと二人は黙って頷いた。

そしてT字路を左に曲がる二人を見送り、俺は右に進んだ。

二人を見送っていると、驚いた顔でこちらを振り向いた。

じゃあな。俺、関係無いから二人で頑張れよ。


そして俺はビックアントに追われている。

いや、意味が分からない。本当にどうしてこうなった状態だ。

護衛組の二人は左に曲がったんだから、当然、ビックアントの大群も左に曲がると思っていた。

それがどうだろう、全てのビックアントが右に曲がり、俺を追って来たのだ。

「ちくしょーーー!!」

世の理不尽を憎んで叫ぶ。それで状況が変わるかというとそうではなく、寧ろ悪化した。背後からだけでなく、他の通路からもビックアントが現れるようになったのだ。

逃げながら飛んでくる酸を避ける。魔法で土の棘を横一列に生やすが、最初の数体倒すだけで、後に続くビックアントにへし折られてしまう。

前を向いてひたすらに走り、現れるビックアントを大剣で始末し、角を何度も何度も曲がり、そして行き止まりにたどり着いた。

あかんやん。

大量の土の棘でビックアントを串刺しにすると、近くの個体を大剣で纏めて葬る。

身体強化と空間把握、見切りを最大限に使用してビックアントを倒して行く。それでも、数の多いモンスターは仲間の死をものともせず噛み付き、酸が雨のように降って来る。

必死に動き、ひたすらに楯を駆使して攻撃を受けないようにしていたが、少しずつ俺の傷は増えていった。

狩る、刈る、ビックアントを倒すのではなく、草を刈るように大剣を振り回す。

「ふっ!」

飛び掛かって来る個体を纏めて薙ぎ払い、足元から迫る個体は最少の土の棘で対処する。

ビックアント一体一体は脅威ではない。しかし、千を超える数の群れを相手にするのは現実的ではない。

盾は降り注ぐ酸を受けて壊れ、胸当ては半ば溶けている。服にも穴が空いて俺の肌を焼く。せめて頭部は守ろうと、ビックアントの亡骸を摑んで酸を防ぐが、それにも限界はある。

「うおおおーーー!!」

百を超え二百、三百という数のビックアントを葬る。それでも勢いが衰える様子はなく、俺の体力と魔力だけが消費されていく。

一昨日の大人のゴブリンとの対決以来のピンチだ。いや、数の脅威を考えるのならそれ以上だろう。

歯を食いしばり、ひたすらに動き続ける。フルマラソンを全力疾走しているかのような無謀な挑戦。そんな行為を俺は今やっている。

終わりはないのか！　そう叫びたいが、その体力さえも今は惜しい。だが、そんな俺の願いが届いたのかビックアント側に変化が起こった。

少し離れた場所でビックアントの群れが割れ、一体の巨大なビックアントが移動しているのが見えたのだ。

その巨大なビックアントは胸から下の部分が異様に肥大しており、動くのも大変そうな姿をしていた。

その姿を見てピンと来た。あれはもしや女王蟻じゃないか？　この大群の移動は、巣の移動を目的にしているのではないだろうかと。

以前ディスカバリーチャンネルの蟻の特集で観た記憶がある。その女王蟻は沢山の蟻に護衛されて移動していた。

　このままではどうせ死ぬ。なら、やってやろうじゃないか。

　大剣を大きく振り払い近くのビックアントを引かせると、地属性魔法で足場を砲弾のように発射させ、女王蟻に向かって飛んだ。

　射線上にいる羽のあるビックアントが俺に気付くが、動き出すよりも早く大剣で羽を斬り落とす。

　その勢いのまま女王蟻っぽいビックアントに突っ込むと、女王蟻が反応するよりも早くその体を切り裂いた。

　女王蟻が攻撃されてギチギチと怒り狂うビックアント達。

「っらああーーー!!」

　だが、立て続けに大剣で女王蟻の首を落とすとその動きがピタリと止まった。少しすると、ビックアント達は来た道を引き返しその姿を消してしまった。

　急に去って行ったビックアントを見て、何かのトラップかと疑い構えを解けない。いつまで経(た)っても何も起こらず、この戦いがようやく終わったのだと理解する。同時に体から力が抜けてしまい、その場に腰を下ろしてしまった。

　もうくたくたで動けない。体力も魔力も使い果たした。今日買った装備はあっという間に壊れた。大剣と俊敏の腕輪以外残っていない。もっと言えば防具服も残っていない。酸で溶かされて下着しか残っていないのだ。ついでに半身が酸に焼かれ、爛(ただ)れてもの凄(すご)く痛い。

　俺は女王蟻の亡骸の隣でポーションを飲む。痛みが軽減され、少しずつだが治り始めている。収納空間に空いた瓶を入れると、そこから着替えを取り出す。着替えは私服で、探索用の灰色の防具服ではない。

ビックアントの亡骸を見て、よく生き残れたなと我ながら感心する。何か活路が見出せればと苦し紛れに起こした行動だが、結果的に俺は生き延びる事が出来た。流石は俺だと自分で自分を褒めて喜びたいが、装備を失った事を考えると素直に喜べない。楯と胸当てを合わせて五万円もしたのに、その日の内に壊れてしまった。これは、女王蟻から回収せねば納得いかない。

体が動くようになると、女王蟻の体に近付き何か金に成りそうな部位はないかと調べていく。

通常ビックアントは、その体が初心者用の防具として加工、販売されているので買い取ってくれるが、この女王蟻の体はブヨブヨでとても防具としては使えそうもない。

ブヨブヨの体を触って確かめる。一体、中に何が詰まっているんだろう、そんな疑問が浮かぶ。

その疑問を解消する為に、俺は大剣で腹を切り開いた。

そして、最初に感じたのは甘い匂いだった。裂いた腹から匂いの元であろう、琥珀の液体が流れ出て来る。その匂いに誘われた俺は、一雫を指先で掬うと零れないようにそっと口に運んだ。

全身に電撃が走った。腰が砕けて立てなくなった。そこから俺の記憶は無い。

気が付いたのは、女王蟻の腹に顔を突っ込んですすっていた琥珀色の液体、蟻蜜が残り少なくなった時だった。

俺は蜜を舐めながら考える。一体、何が起こったんだと。知らず知らずの内に俺の体が動いていたのだ。まったく恐ろしい話もあったもんだ。

収納空間から水の入ったペットボトルを取り出すと、乾いた蜜でカピカピになった顔を洗い流す。流れる水滴を舐めとると、また電流が流れたような衝撃を受けて意識が飛びそうになる。

やばいな、この蜜は持って帰って調べなければなるまい。

俺は一滴も蜜を残してなるものかと、ペットボトルに入れて行く。だが、一本では全然足りず他の容器にも入れて行く。全ての蜜を取り終わると、再びペットボトルや容器を収納空間に保管する。

もう無いなと最後の確認をしていると、女王蟻のお腹周り(なか)に少しだけ残っていた。それを先程飲んだポーションの小瓶に入れておく。

ふう、良い仕事したぜ。俺はこれまでにない達成感を味わいながら、鼻歌まじりで帰路についた。

ダンジョンを出て買取所にビックアントの外皮を持って行くと、近くに沢山の探索者が集まっていた。

受付の女性に「何かあったんですか?」と尋ねると、何でも遭難している人がいるそうな。

「えっ、遭難したんですか? そうなんっすね! 何つってな?」と返すと、凍えるような冷たい目で見られたのは印象的だった。

閑話　古森蓮

mushoku ha kyou mo kyou tote
meikyu ni moguru

古森蓮(こもりれん)は今年で大学二年生になる二十歳の青年だ。

ごくごく普通の家庭に生まれ、思春期の妹には冷たくされ、両親の愛情をたっぷり受けて育ってきた。反抗期はあるにはあったが、趣味のゲームが忙しくて反抗するのをやめてしまった。反抗すればゲームを取り上げられるのが分かっていたのもあり、従順に全てに対してＹＥＳと答え、態度でＮＯを示して来た。そのおかげか、呆（あき）れられたのかは定かではないが、特に咎（とが）められる事もなくゲームを続けてこられた。

だが、大学に入った時に本当にこれで良いのだろうかと疑問に思うようになる。

高校の成績は中の下、体力は無く、コミュニケーションも下手。友達はゲームの世界だけで彼女なんて出来たためしはなく、ここ最近は親としか会話をしていない。

改めて自身を振り返ると、どうしようもないほど良い点が見つからなかった。

その事実に気付いてしまった古森は焦り、探索者サークルの門を叩いてしまった。

どうしてそうしたかは分からない。強いて言うならば、自分を鍛え直そうと思ったのだろう。

だが、探索者サークルは想像していたほどきつくはなかった。いや、体力的にはきつかったが、それは続けていく内に慣れた。苦手意識のあった上下関係や人付き合いが、思っていたよりもふんわりとしていたのだ。もちろん、いい加減な事をすれば注意されるが、それも人の命を守る為に必要な行為だった。

体育会系のサークルかと言われたらその通りだが、無理を言わずサポートも充実しているので居心地は良く、先輩達も良い人ばかりだった。更に、探索の成果に応じてお金も入って来るので文句は無い。

そんな古森だが、初めてのダンジョン探索で同期の中でも注目を集める事になる。

新人探索者にはスキルガチャと呼ばれるイベントがある。

それはダンジョン地下十階に存在するボスモンスターを倒すと入手可能な、スキル玉と呼ばれる透明なピンポン玉サイズの球体が由来だ。それは一人につき一回しか手にする事は出来ず、更に手に入れたいのならば、地下十階層毎に存在するボスモンスターを倒さなければならない。

他にも、強力なユニークモンスターを倒す事や何かしらのイベントで入手出来るようだが、滅多にある事ではなく、ユニークモンスターはボスモンスターよりも更に強い。

そんな存在に勝てる者は滅多におらず、大抵が返り討ちに遭い、その命を散らしているのが現状だ。

ダンジョン地下十階のボスモンスター討伐は、新人探索者の通過儀礼である。

探索者協会、通称ギルドに登録すると初めての探索には引率者が付き、地下十階のスキルガチャまでサポートしてくれる。ただ登録料が十万円掛かるので、学生の身では中々の出費である。それが、大学の探索者サークルに入会すると立て替えてくれる上に、装備一式を貸し出してくれるので、お金の心配をしなくて良い。正に至れり尽くせりである。

そのスキルガチャで古森が手に入れたのは、火属性魔法だった。

火属性魔法は高い攻撃力を誇り、モンスターの討伐に一番適した魔法と呼ばれる属性だ。

スキルガチャの結果をサークルの中で発表すると、途端に響めきが起こった。

どうしてそんなに驚かれたのか分からなかった古森は、気さくな先輩に尋ねる。話によると魔法関連のスキルは当たりとされており、火属性魔法のスキルを得た人はサークル内では五年振りなのだそうだ。

その五年前にいた人物は炎姫と呼ばれていたらしく、サークル内に数々の伝説を残した偉人だという。そんな人物と同じスキルを得たので、古森は良いか悪いかは別にして注目を集めてしまった。

探索者サークルではモンスターとの戦闘だけでなく、ダンジョン内で行える採取や採掘の方法、どういった物が採れて売れるのか、その際の危険や対策などのノウハウを教えてくれる。

古森は必死に頑張った。注目されているプレッシャーから人一倍頑張った。これまでの人生で最も努力した日々だった。その甲斐もあり、この一年で魔法の腕はメキメキと上達し、レベルも14まで上がっていた。

自信の無かった少年は、この一年で確かに成長して自信を持った青年に成ろうとしていた。


「やだ。あの人こっち見てるわ」

そう嫌悪の声を上げたのは、同じ探索者サークルに所属する速水咲だ。

速水は古森と同い年で同期だ。サークル内でも美人と評判の女性で、男性からの人気は高い。古森もそんな速水に惚れた一人で、以前に告白して撃沈していた。

「ああ、本当だ。何してるんだろうあの人?」

視線の先では二十代半ばくらいの男性が、こちらをジーッと見ていた。その眼力はこちらが引くほどに強く穴が空きそうだった。

「私、ちょっと言って来るわ。後輩達も怯(おび)えているしね」

危ないから俺が行くよ。そう言葉にするよりも早く、速水は男性のもとまで行ってしまう。

せめて、いつでもフォロー出来るように魔法の準備だけはしておこうと魔力を高めておく。

少し男性と会話した速水は、何事も無かったようにこちらに戻って来た。男性は酷(ひど)く落ち込んでいたようだが、一体何を言ったんだか。

「どうだった？」

「何をしてるのか気になったんだって」

「ただの採掘を？」

「あの人も初心者らしいわ。そうは見えなかったけどね」

「ふーん……落ち込んでたけど、何て言ったの？」

「視線が気持ち悪いからあっちに行ってって言っといた」

「……そりゃきついな」

まさか初対面の人にストレートに言うとは思わなかった。相当ショックだったに違いない、古森は名も知らぬ男性に同情した。

男性が去ってからも、採掘を行っている後輩達を見守る。

二年生になってサークルにも後輩が入って来る。この前まで新人だったのに、今では人を指導する立場になっていた。最初は戸惑っていたが、自分達を教えてくれた先輩達の姿を思い出しながら教えていると、段々と板についてきていた。

この地下十一階では鉄鉱石と稀に魔鉱石が採れる。

鉄鉱石は、鉄の含まれる比率が地上の物に比べて多く、それなりの値段で引き取ってくれる。魔鉱石は魔力の含まれた鉱石で、中堅以上の探索者の装備に使われる。また買取価格も高額で、1kgあたり十万円という最高の鉱物だ。

今日の成果では鉄鉱石のみで魔鉱石は無い。それでも、後輩達の経験にはなっているだろう。そう納得していると、採掘していた場所が大きな音を立て崩れ落ちる。

最初、何が起こったのか分からなかった。

壁が崩れた。それだけならば良かったのだが、その崩れた壁の先には、大群を成して行進するビックアントがいたのだ。

最初に動いたのは新人の女子だった。ただ、恐怖から悲鳴を上げた。それだけなら良かった。悲鳴程度で行進するビックアントの気は引けないから。だが、その悲鳴に突き動かされた新人の男子が、武器を手にして、行進するビックアントに攻撃を加えてしまったのだ。

古森は血の気の引く思いをする。

まずいまずい！　どうする!?　見捨てるか？　否、そんな選択肢は無い。ならばやる事は一つだけだ。

魔力を高めて炎の魔法を生成する。

そして放とうとした瞬間、もう一人の指導者が剣でビックアントを切り裂いた。

何をやっている!?

古森は速水を見て焦燥感に駆られる。それは俺の役目だと、お前は新人を活かす仕事があるだろうと。

「みんな！　早く逃げてー!!」

速水が新人達に向かって叫ぶ。いや、その対象には古森も入っていたかも知れない。

ビックアントの行進は、危害を最も加えた者を標的と定める。その標的を襲うのは一匹や二匹ではない、千を超えるビックアントが標的を殺すまで襲い続けるのだ。

そして、その標的が死ねば、次点の者を襲い出す。

今、最も危害を加えているのは速水だ。その次が、新人の男子となる。

速水は一対一ならば古森を圧倒するほどに強く、ビックアント相手に負ける事はない。ただし、それは五匹以下の場合だ。

残念ながら、速水のスキルである【瞬足】は集団相手には弱い。囲まれた時点で間違いなく死ぬ。

それ以上は間違いなく死ぬ。

そう、速水では新人が逃げ切るまで持ち堪えられない。

古森は火属性魔法のファイアバレットを発動する。同時に地下二十階のボスを倒して手に入れたスキル【拡散】を使用して炎の弾丸の数を増やして発射する。

多くのビックアントが炎の弾丸に貫かれて絶命する。これで、標的が速水から古森に代わる。

「ちょっと！　状況分かってるの!?」

「速水さんは冷静になった方がいい。お前達は早く逃げろ、それとギルドに救援を頼んでほしい、頼めるか？」

新人は状況が飲み込めないのか戸惑っているが、最後はしっかりと頷いた。

「頼んだ。ほら、早く行け！　ここは食い止める！」

進行方向を変えるビックアントの大群を見て、もう一度、ファイアバレットの魔法を使用する。

被害を気にせず向かって来るビックアント達は、絶命した仲間を足場にして古森を倒さんと進み続ける。

立て続けに二度三度とファイアバレットの魔法を発動するが、その歩みを止め切れない。

背後に目配せすると、新人達は逃げてはいるがまだ近い。もう少し、時間を稼ぐ必要がある。

魔力を練りイメージするのは巨大な分厚い壁、何物も通さない炎の壁。

「ファイアウォール！」

魔力の大半を使用して生み出された炎の壁は、ビックアントの行進を確かに止めた。正確には、炎の壁に無謀にも突っ込み燃え滓となっているのだが、さしたる違いはない。

だが、それほどの高火力な魔法でもビックアントの数の暴力の前では、限界は直ぐにやってくる。

一気に突撃したビックアントが仲間を楯にして炎から逃れ、壁を越えて来たのだ。一箇所が崩れると、立て続けに壁は消えていき、炎の壁はものの一分で消え去ってしまった。

その様子を見ながら背後を見ると、新人達の姿は無く、無事逃げ切れたのだと確信する。

ほっと安堵すると、もう一度ファイアウォールを発動する。直ぐに越えられるのは分かっているが、マジックポーションを飲む時間が欲しかったのだ。

魔力不足気味で震えている手で、腰に携帯している小瓶を取り出す。あとは蓋を開けて飲むだけなのだが、魔法の使い過ぎで力が入らない。

そうこうしていると、マジックポーションが手からこぼれ落ちて地面に転がってしまう。頑丈に作られた小瓶のおかげで割れはしなかったが、取りに行こうとして転んだ。

そして、そのまま動けなくなってしまった。

魔力切れ。失敗したと古森は歯軋りをする。

魔法の使用回数は頭に入っていたつもりだったが、警戒している時に魔法を一度発動し掛けて、魔力を消費したのを失念していた。

「くそっ！」

悪態を吐くが、状況が好転するはずもなく、必死にマジックポーションに手を伸ばす。

届かない。あと少しが届かない。ほんの少しの距離が果てしなく遠い。

誰か……。

助けて、その願いが届いたのか小瓶は細い女性の手に拾われ、古森に手渡された。

「早く飲んで立ちなさい！　さっさと逃げるわよ！」

女性の手、速水から手渡されたマジックポーションを飲み干すと、魔力が回復していく。

どうして戻って来たんだ。新人達はどうした？

言いたい事は山ほどあるが、全て飲み込んで取り敢えず今は、

「助かった」

礼を言って速水の手を取り立ち上がった。

魔力が回復したからと言って、状況が好転した訳ではない。生きる時間が僅かに延びただけである。

ファイアウォールが解けると同時に、大群を成したビックアントが追いかけて来る。急いで逃げ出すが、ビックアントも俊敏で距離を離せないでいた。

この危機的状況から脱する方法は、ある。

それは、階段を目指す事だ。階を上るか下りるかすればビックアントは追って来ない。ユニークモンスターなどの強力なモンスターを除いて、そこに生息するモンスターが階を跨いで移動する事は無いと言われている。

「ダメ、回り込まれてる！」

「下の階を目指そう！」

地下十階に続く階段へ行く道には、既にビックアントが回り込んでおり諦めるしかなかった。だから地下十二階を目指すのだが、その距離は最短でも５㎞以上はある。遠回りをすれば、更に倍以上移動しなければならず、とても全力で走れる距離ではない。

いくらこの一年で鍛えたと言っても、長距離を全力疾走出来るほどの体力は、まだ備わっていな

かった。

「はあ、はあ、ヒイ、ヒイ」

「情けない声出さないでよ！　頑張りなさい！　男でしょ！」

「だん、じょ、さべ…つ、は、あん、たい」

「なんて声出してんのよ!?　馬鹿じゃないの！」

やめてくれ、話しかけないでくれ、そんな余裕ないんだ。

今にも倒れそうなほど、体力の限界を迎えているのに、会話する余裕なんてなかった。

それに、このままでは地下十二階にたどり着く前に追いつかれてしまう。何とかして走りきって生き延びたいが、それは余りにも遠かった。

「…頑張りなさいよ、無事に帰ったらデートしてあげるから!!」

速水の告白のような提案に、古森の走る速度が下がってしまう。

「なんでよ!?」

速水は少しでも古森を元気づけようとして言ったのだが、まさかこんな反応をされるとは思わなかった。

こいつは以前、私に告白したんだからまだ私に惚れてるはずだ。だからデートに誘えばやる気を出すだろう。そう思っていた。

残念ながら速水は勘違いをしている。古森が告白したのは半年前で、速水の事をよく知らない段階だったのだ。その後、ダンジョンの攻略を共に行い、互いを理解して尊重し高めあって来た。その中で仲間意識が芽生え、恋愛感情は萎んで行ったのだ。

探索者活動を通じて、古森にとって速水は信頼出来る仲間となり、いつしか恋愛対象から外れていたのである。

これは何も古森に限った事ではない、サークルの大半の人がそうなっている。そのせいでサークル内のカップル率は恐ろしく低かった。

「あ、ありが、と、とう、でも、む、り」

気を遣ってくれたのは分かったので、一応お礼は言っておく。もうやめてくれと思いながら。

「ふん！」

二人は必死に走った。ビックアントとの距離は変わらずだが、なんとか生き延びている。だが、古森の限界が近い。

そんな時である。追い返した男性とばったり出くわしたのは。

「うおっ!?」「えっ!?」「あっ？」

角を曲がると、ビックアントを大剣で倒している男性がいた。双方、予想外の接触に驚いて声が出る。

「そこの人、逃げて！」

速水が男性に対して逃げるよう呼びかける。

背後からビックアントの大群が迫っており、どうしようもない事ではあるが巻き込んでしまう。

男性も背後に迫るビックアントの大群に気付いたのか、驚いて古森達と共に逃げ出した。

「なんだ!?　何がどうなっている!?」

当然の疑問である。まだ体力に余裕のある速水が経緯を説明すると、そうかと一つ頷いて二人の様子を窺っていた。

「もう、限界か？」

「ま、まだ、です」

何故か負けん気を起こして反論する古森だが、既にいつ倒れてもおかしくなかった。

「そうか……そこを左に曲がるぞ！」

突然、大きな声で指示を出す男性に意表を突かれたが、二人は頷いて了承する。

そして左に曲がる二人。

それを見送り右に曲がる男性。

驚いて振り返る二人だが、その男性の顔を見て悟る。

『俺に任せろ』、男性の薄らと浮かべた笑みはそう語っていた。その証拠に、あれだけ古森達を追っていたビックアントが標的を男性に変え、右に曲がって行ったのだ。

「そんな……あの人は？」

「かっは！　はあはあはあ！」

立ち止まると同時に古森は崩れ落ちるように倒れてしまう。だが、目線だけはビックアントの大群に向けられており、彼に助けられたのだと理解する。

見ず知らずの人に救われたのに、笑って死地を引き受けてくれた。勝手に巻き込んだのに、笑って死地を引き受けてくれた。

「はあはあ、はあ、まだだ。早くギルドに行って救援を要請しよう！　今ならまだ助かるかも知れない！」

「っ!?　そうね、早く戻りましょう。まだ走れる？」

「ごめん。先に行ってくれ、今は時間が惜しい」

「分かったわ」

一言告げると、速水は地下十階に向かって走り出す。

古森も必死に息を整えると、マジックポーションを取り出して飲み干した。

これで、また走れる。

そうして速水の後を追おうとしたが、余りにも大きな存在の気配を感じ取って振り返ってしまう。

そこには一際大きなビックアントがいた。大群のビックアントに護られながら進む、ビックアントの女王。クイーンビックアントの姿がそこにあったのだ。

ノソノソと動きは遅いが、その圧倒的な存在感はモンスターの女王として相応しいものだった。

息を呑む。自分が怯えているのが分かる。

クイーンビックアントは魔法のプロフェッショナルである。火を生み出し、水を発生させ、大地を隆起させ敵を葬る、そんな恐ろしいモンスターだ。更に、その身に宿った魔力で、子であるビックアントを手足のように操っている。

その姿を見るのは死ぬ時だと、探索者の界隈では噂されている凶悪なモンスター。

そんな存在がどうしてこの階に!?

去って行くクイーンビックアントを見送ると、恐怖で暫くその場から動けなかった。


ギルドに到着した頃には、ちょっとした騒動になっていた。

どうやら新人達の説明では、上手く事情が伝わっていなかったようで、速水が到着してある程度事態を把握したのか、動ける探索者達を集めてくれているらしい。

古森はギルドに備わったベンチに腰掛けると、缶コーヒーを手に一息ついた。

あれは無理だ。助からない。あんな存在にどうやって立ち向かうんだ。

ぐるぐると回る思考が、全てネガティブになってしまう。

生きていてほしい、助けてあげたい、でもどうやって？

「大丈夫？」

深刻な顔をしている古森を見て、速水が心配して話し掛けて来る。その速水に対して視線を合わせずに、下向きの姿勢で喋り掛ける。

「……アレには勝てないよ。それこそトップレベルの探索者じゃないと太刀打ち出来ない」

「だから人を集めているんでしょ。……それで、どうするの？　参加する？」

「……行く。せめてどうなったのか知っておきたい」

それはどうしてか。

所詮、自己満足に過ぎないかも知れないが、助けてくれた男性の遺品があれば、自分が遺族に渡したいと思ったのだ。

渡して謝りたいと、お礼を言いたいと思ったのだ。

その思いを独りよがりだなと自嘲する。

もう、彼が助かるとは思っていない。古森が戻って、既に二時間が過ぎている。いくらなんでも時間が経過し過ぎた。

それだけの長い時間、一人で戦い続けるのは不可能だ。もし、そんな事が可能ならば、それは化け物か何かだろう。

「えっ、遭難したんですか？　そうなんっすね！　何つってな？」

買取所の方から話し声が聞こえて来る。

不謹慎な内容に不快感を覚えるが、どうにかしてやろうという気力が湧かなかった。せめて、どんな奴が言っているのか見てやろうと視線を上げると、買取所に立っている一人の男を見つけた。

「……あれ、あの人に似ていない？」

速水は驚いた顔で男を見ているが、古森はそれを否定する。

「全然違うよ。彼はあんな服装じゃなかっただろ。それに……」

じっくりと男の姿を観察する。

「あんなに太っていなかった」

そこでは体重百キロは軽く超えそうな巨漢が、ビックアントの外皮を持ち込んでいた。

査定時の
5つのマナー！
買取保険

【名前】古森蓮（20）
【レベル】14
【スキル】火属性魔法　拡散

【名前】速水咲（19）
【レベル】15
【スキル】瞬足　先読み

閑話　彦坂新吉

mushoku ha kyou mo kyou tote meikyu ni moguru

探索者協会の執務室で書類整理をしている彦坂新吉(ひこさかしんきち)は、探索者協会のNo.2である副会長を務めている。

彦坂自身も元は探索者であり、会長に次ぐ実力者として協会内では尊敬される人物でもある。

「なに？　クイーンビックアントが出たのか？」

執務室に繋(つな)がる電話を取ると、採掘を行っていた探索者がビックアントの群れに襲われ、その中にクイーンビックアントの姿があったと報告を受ける。

何かの見間違いではないかと訝(いぶか)しむが、特徴を聞くと間違いなくクイーンビックアントと一致していた。また、一名の探索者が仲間を救う為殿(しんがり)として残ったようだが、その話が事実なら生存は絶望的だろう。

「直ぐにプロ探索者以上の者達を招集してくれ、私も出る」

大変な事になった。悪態を吐きたい気持ちを抑えて、彦坂は大量の毛の付いた帽子をセットして執務室を出る。

本来、クイーンビックアントは地下三十一階以降に出現するモンスターだ。それも滅多に現れるものではなく、地下三十階のボスモンスターを倒した探索者でも勝つのが困難な相手だ。

そんな存在が低階層に現れたとなると、その被害は計り知れない。早急に討伐するか、何処かに去るまで待つしかなかった。

こんな時に会長が居てくれたらと思うが、残念ながら出張中で九州支部に行っている。彼女ならば、連絡すれば直ぐにでも戻って来そうだが、この程度で呼び戻せばなんと言われるか分かったものではない。

「……生命蜜を手に入れるチャンスでもあるか」

クイーンビックアントの生命蜜。それは、一定量飲めば肉体は若返り、全盛期以上の能力を得る事が出来る代物(しろもの)。様々な病を治療出来るアイテムで、一部では霊薬(エリクサー)の原材料としても知られていた。

それほど貴重なアイテムなだけあり、滅多に市場に出回らない。何故なら生命蜜を得た探索者は、売るよりも先ず(ま)は自分で使うからだ。

市場に流れて来るのは、探索者が使って余った分だけである。それでも億を超える高値で売買されており、それだけでひと財産築けるものだった。

過去には頻繁に出回った事もあったが、それは特定の人物からであり、余り歓迎されたものではなかった。

「これは、探索者の生存率を上げられるチャンスだ」

廊下を歩きながら一人呟く。彦坂の目的は、生命蜜を自分で使用する事ではない。深層と呼ばれる地下五十階以降に挑戦する探索者を育てる為に使いたいのだ。

彦坂自身、地下五十階は突破しているが、そこから先には進めていない。自分が実力不足なのもあるが、地下五十階のボスモンスターとの死闘で仲間を失い、戦力面でも厳しくなっていた。

〝私ではこれ以上、先に進めない〟。その思いから、彦坂は後進の育成に注力していたのだ。

自分が見られなかった景色を他の誰かに見てもらう為に、そこがどういう場所だったのか教えてもらう為に彦坂はここに居る。

「忙しいなか集まってもらい申し訳ない。今、ダンジョン地下十一階でイレギュラーモンスターであるクイーンビックアントが目撃されている。皆にはその討伐に当たってもらいたい。また、一人の探索者が仲間を救う為に残ったそうだ。可能なら英雄の形見を探してやってほしい」

探索者協会内で最も大きな会議室。そこに集められた探索者達の前で、よく通る低音の声で、落ち着いた口調を意識して事情を伝える。取り残された探索者の生存は考えない。救出に労力を割くと、他の探索者の命が危うくなるからだ。

彦坂の言葉を理解した探索者の一人が、手を挙げて質問する。

「副会長、クイーンビックアントってのは〝あの〟ですか?」

「そうだ。生命蜜について聞きたいのだろうが、入手した際は、皆にも提供する事を約束しよう！」

副会長の宣言に、おお！　と沸き立つ探索者達。彼らも戦いを専門としているだけあり、更なる力が欲しいのだ。

その後は索敵組と討伐組に役割りを振り分け、行動に移る。

作戦は二日間に渡って行われ、地下十一階への立ち入りは制限される。そして見つかった物は、多くのビックアントの亡骸と生命蜜の無いクイーンビックアントの残骸だけだった。

生命蜜と呪いと（後編）

mushoku ha kyou mo kyou tote meikyu ni moguru

昨日、アパートに帰ると知らない奴がいた。

そいつは洗面台に立ち、こちらをじっと見ている。俺は驚いて「うおーっ!?」と悲鳴を上げると、そいつも同じように動いて揶揄ってくる。殴って追い出してやろうと動くが、そいつも素早く動くので油断出来ない。

くっ、このデブやりおるわ！

デブの顔に見覚えはあるのだが、それを何処で見たのか思い出せない。何か、そう、まるで脳が現実を理解したくないようで、上手く働かず思い出せないのだ。

誰の顔だったかな？

服装も俺の私服と同じ白のパーカーにデニムのパンツ。それがはち切れんばかりに、ぱんぱんになっている。

醜いな、サイズが合ってなさ過ぎて見るに堪えない。

太ってはいるが、コイツは案外若そうだ。二十歳？　いや高校を卒業したくらいに見える。

……ガキめ、中々に強そうだが、ここ最近ダンジョンで鍛えた俺の敵ではない！

大人の力を見せてやる!!

左に振り、右に振り、左に振って左ストレートでそいつを殴る。相手も同じ動きをしていたが、俺の動きがデブより遅いはずがない。

そしてパリンと鏡が割れる音がすると、奴の姿は幾つにも分裂した。

「おのれっ！　分身の術か!?」

………もうやめよう。このデブ、俺だ。

俺は黙って体重計を取り出すと、そっと上に乗る。

すると１１０の数字が見えた。あと1あったらゾロ目なのにな。……ふう、何があったんだ俺の体？

俺の元の体重は67kgだった。それが半日で43kgも増えている。

女王蟻を倒した後は、普通に着替えていたので体型に変化は無かったはずだ。そこから帰るまでに増量したとでも言うのだろうか。世にも奇妙な怪奇現象である。

取り敢えずシャワーを浴びようと服を捲ろうとした瞬間、ビリビリと音を立て破れてしまった。

俺の千九百円が……。

安物だが、お気に入りのイカしたパーカーだった。無地だけど。

デニムのパンツも必死に脱ぐと、シャワーを浴びて汚れを落としていく。綺麗な体になり、新しい服を着ようとして気付いた。着られる服が無い事を。

真っ裸で寝たのは幼稚園の時以来だった。


そして今日の朝、サイズの合わないジャージを無理矢理着て、ぱっつんぱっつんの姿で服を買いに行く。

店員には笑われ、おばちゃんから大変だったねと飴をもらった。他の客からコソコソ囁かれ、たまにスマホがこっちを向いていている。

別に気にしないが、他の人がやられたらきっと嫌な気分になるに違いない。俺は拳を強く握り締めてその場を後にした。

無事に服と下着を購入すると、直ぐに着替えてダンジョンへと向かう。

今日はこの体型の事もあって行かないつもりだったが、目的と実益を考えると、ダンジョン以上に適した場所がなかった。

目的とはダイエット。太ったなら痩せれば良い、痩せたいなら体を動かせば良い。簡単な話だ。

実益とは金銭だ。服を買って貯金が乏しくなってきた。昨日のビックアントを売って得た利益は、装備を買うと殆ど残らないのだ。

この二つを満たす条件の場所は、ダンジョンしか思い浮かばなかった。

武器屋で防具服と胸当てを購入すると、昨日の利益は無くなった。楯も欲しかったが、サイズが大きくなったので、割り増しで支払うハメになってしまい資金が足りなくなったのだ。

そしてダンジョンの地下十階に飛んだのだが、地下十一階に続く階段の前には、見張りの探索者二人と立入禁止の看板が立っていた。

「あのー、この先に行きたいんですけどー」

「悪いが今日は立ち入り禁止だ。イレギュラーモンスターが現れたんでな、安全が確認出来るまで待て」

「イレギュラーモンスター？」

何だそれはと首を傾(かし)げると、見張りの探索者が教えてくれた。

イレギュラーモンスターとは、本来ならその階に現れるはずのないモンスターであり、ユニークモンスターとは違った強力なモンスターなのだそうな。

うん、分からん。説明を聞いて益々(ますます)分からなくなってしまった。ユニークモンスターが何なのかも知らないし、ただ強いモンスターが現れたという事しか理解出来ない。そもそもの話、探索者は危険ありきの仕事なのに、安全とはどういう事なのだろうか。

俺は納得出来ずに一歩踏み出す。

「分かったんで通してくれません？」

「……お前、話聞いてたか？　危険なモンスターが出たんだよ！　お前が百人居ても勝てないようなモンスターが、地下十一階に居るんだよ！」

「なっ!?　それを先に言って下さいよ！　危うく行きそうになったでしょうが！」

「さっきから言ってんだよ！　この野郎！」

激昂した探索者が武器を抜こうとするが、隣の探索者に宥められ「こんな奴の相手なんてやめとけって」と失礼な事を言われた気がする。

とにかく地下十一階には行けなくなってしまった。俺が百人居ても勝てないなんて、そんなに強力なモンスターと接敵したら一瞬でお陀仏だろう。

まったく、分かり難い専門用語など使わずに比較対象を出して説明してくれ、俺の頭の出来を侮らないでほしい。

流石に死にたくないので、今日はおとなしく地下十階を探索する事にする。ボス部屋を通るのだが、その部屋には何もおらず、ただ通り抜けるだけで良かった。

地下十階で出現するゴブリン、ジャンボフロッグ、痺れ蛾を相手に立ち回る。

一昨日も戦って思ったが、自分のレベルが上がり過ぎているのかこの階のモンスターは敵ではない。

それでも倒せば少なからず収入になるので、容赦無く狩って行く。ザコ狩りと言われるとそうだろうが、如何せん地下十一階に行けないから仕方ない。

だからせめて、しっかりとダイエットしようと全力で動く事を意識する。

はっきり言って、今までにないほど調子が良い。

太ったはずなのに体が軽く、それなりに重量のある大剣も木の枝のように軽く感じる。

全速力で走り抜け、すれ違い様にモンスターを倒す。俺と同じように地下十一階に行けなかった探索者が、こちらを見て驚いていたが、気にせず先に向かう。

更に身体強化を使用して駆け抜ける。

地面を走り、壁を走り、壁から壁へ跳躍して進んで行く。

試しに身体強化した状態でモンスターに突っ込んでみると、生温(なまぬる)い感触と共にいろんなモノが飛び散ってしまった。

これはやめておこう。

それから魔法を試し、石を投げてみたり、ひたすらに大剣を振るって大人のゴブリンの動きを模倣し続けた。

ダンジョンに潜って数時間後、ひたすらに動き続けてモンスターを狩り、部位を採取した俺はダンジョンから出た。

ふうと一息吐くと、渇いた喉を潤す為に女王蟻の蜜を取り出して飲む。

「クィーーーッ！！！」

喉の奥から変な悲鳴が出て注目を集めたが、こうでもしないと腰が抜けそうだったから仕方ない。

そして帰宅して体重計に乗ると、数値が111を示していた。

昨日、何故か体重が増えていた。

解(げ)せぬ。あんなに動いたのに何故増えるんだ。体重計が壊れたのかと思ったが、正常に動作していた。くそ。

まあいい、少なくとも不健康でない事は分かった。ダイエットはボチボチやって行こう。

それよりも今は面接の準備だ。

転職サイトに登録していたが一向に連絡がないので、自分で履歴書を作成して送っていたのだ。その会社から今日の午後一時より面接を行いたいという旨の連絡があったのだ。

急だなとは思ったが、中途で雇ってもらえるのならば、それくらい大した事ではない。

俺は貸衣装屋に走り、ビッグサイズのスーツを借りて準備万端整える。

そして今、面接を行う会社の前に来ている。

『ホント株式会社』

中小企業ではあるが、百年以上続く地域密着型の企業として、地元民に愛されている。

創業者は嘘(うそ)が嫌いで、誠心誠意仕事に向き合い、人と人の繋がりを大事にする人物だった。嘘を言うと信頼関係を失う、誰も騙(だま)さないとの誓いからホント株式会社と命名されたそうだ。

そう受付の人が念入りに教えてくれたので間違いない。どうしてそんなに熱心だったのかは不明だが。

「失礼します」

扉をノックすると一拍置き入室する。そして椅子の隣まで行くとお辞儀をした。

「田中ハルトです。よろしくお願いします」

どうぞお座り下さいの言葉で席に着くと、早速面接が始まった。

「それでは、田中さんのこれまでの成果をお聞かせ下さい」

「はい、私の最大の成果は……」


ピリッとした緊張感の中でも、和気藹々とした雰囲気で面接は進んで行く。確かな手応えがあり、面接官から受ける感触も悪くはない。全ての質問に澱みなく答えられたし、噛まずに言えた。

でも落ちた。

異変を感じ始めたのは、履歴書の話に移ってからだった。

「貴方は我が社の社風はご存じですか？」

「はい、誠心誠意仕事に向き合うと……」

「結構です。では、この証明写真の人物はどなたですか？」

面接官に履歴書を差し出され、証明写真の部分を指摘される。その指摘の意味が分からず、俺は素直に答えた。

「私ですが？」

「……この証明写真はいつ撮られましたか？」

「二週間前です」

「もう一度聞きます。この証明写真の人物はどなたでしょうか？」

「……私です。太る前の私です」

「貴方は嘘を吐いている。人はたかが二週間でそこまで体重は増えません。我が社の社風を尋ねましたが、貴方は我が社に相応しくないのはお分かりですね？」

「そんなっ！　嘘は吐いていません！」

「私も嘘が悪いと言っているのではありません。世の中には必要な嘘という物もあると理解しています。ですが初対面の人を騙すような………」


「喧しいんじゃおらー!!」

ダンジョン地下十二階、岩に擬態したロックワームを叩き斬る。

「誰が嘘吐きじゃぁボケー!!」

ビックアントとゴブリンを蹴り倒し、残りのロックワームを片付ける。

「テメーの薄くなった髪むしったろかハゲー!!」

離れた場所で擬態しているロックワームが、土の棘に貫かれて絶命する。

「潰れろやクソ会社が!!」

近くの岩をロックワームと勘違いして殴り、拳を痛めた。

二つに割れた岩から、魔力に反応してキラキラ光る魔鉱石が出るが、頭に血が上りすぎて気付かない。

それからも暫く暴れると、疲れて動きを止めて息を整える。

ホント株式会社の面接が終わると、その足でダンジョンに向かった。目的はもちろん憂さ晴らしの為だ。

何を言ってても信じてもらえず、最初から雇う気は無かったのではないかと疑ってしまう。

確かに写真と実物の姿に少しの乖離はあったかも知れない、今どき加工なんて当たり前なんだから見逃してくれても良いじゃないか……ん？

違うな、俺はそもそも加工なんてしていない。怒りすぎてごっちゃになっていた。

そもそもの話、この体型になったのがいけなかった。やはり痩せなければ、色々と弊害があるかも知れない。

地下十二階で新たに現れるモンスター、ロックワームは全長1ｍの芋虫だ。周囲の色に擬態するカメレオンのような能力があるが、表皮はさほど硬くない。

武器は鋭い牙で、擬態している所に獲物が近付くと一瞬で噛みつき肉を抉り取る。そんな恐ろしいロックワームだが、特徴を知っていれば見分けるのは容易い。無骨な形で擬態していれば分かり難かったのだろうが、何故か球体のように丸くなって転がっているのだ。

とりあえず、移動する先から丸い岩を攻撃していけば不意を突かれる事はない。

そのはずなのだが、今、目の前でロックワームに噛みつかれている人を発見した。

「何やってんだこの人？」

頭から食い付かれており、手がぶらんと垂れ下がっている。つまり、その命は消えかけていた。

大剣でロックワームを両断して、食い付かれていた人物を助け出す。見た感じ二十代後半の女性で、分厚いヘルメットを装備しているが、顔の部分は剝き出しとなっており、ロックワームの牙が刺さったのかズタズタに切り裂かれている。

俺は治癒魔法を使用して治療に取り掛かる。

フルパワーで治癒魔法を使用して治療したおかげで、顔に目立った傷は残っておらず治療の成功を確信する。

そこで気付く。この人、息してないな。

「どど、どうしよう!?」

AED？　人工呼吸？　心臓マッサージ？

AEDなんて無いし、人工呼吸や心臓マッサージの経験も無い。それでも、やらなければこの人は死ぬ。

俺は覚悟を決めると、治癒魔法を使いながら心臓マッサージと人工呼吸を行う。どうか訴えられませんようにと願いながら。

頑張った。よく頑張った俺。蘇生は無事成功し、女性は目を覚ました。

「大丈夫ですか？」

ふっと髪を靡かせて女性に語りかける。この女性は歳上ではあるが、かなりの美人だ。

「ひっ!?……貴方は誰？」

一瞬顔が恐怖に染まるが、俺の顔を見て安心したのか、冷静になって話しかけて来た。

「俺は田中ハルト、貴女がモンスターに襲われていたのを救った男さ」

ふっと笑い、きらりと光る歯を見せる。歯を磨いていたかは覚えていないが、格好は付いたはずだ。

「私は一人で倒れてたのかしら？　他に人は居なかった？」

「いえ、貴女お一人でしたよ。あそこで、あのモンスターに丸齧りにされてました」

危ないところでしたねと微笑みかけると、女性は起き上がりこちらに向かって頭を下げた。

「危ないところを助けて頂きありがとうございます。ここでは大したお礼も出来ませんので、後日、改めてお礼をさせて頂きたいのですが、宜しいですか？」

女性の立ち居振る舞いに、会社勤めだった頃の取引先の人を連想してしまい、俺は直立して頭を下げる。

「承知いたしました」

と何故か答えてしまった。

「自己紹介がまだでしたね、本田愛と申します。こちらが連絡先です」

「あっ、申し訳ありません。私、実は今無職でして、名刺を持ち合わせていないんです」

「そうですか、では連絡先を教えて頂いても？」

はい分かりましたと返事をして電話番号を教えると、では後日連絡をいたしますと言い残して去って行く愛さん。

その後ろ姿に送って行きましょうかと声を掛けるが、大丈夫ですと言って姿を消した。

こうして取り残された俺は、貰った名刺に目を向ける。

『ホント株式会社副社長
本田　愛
×××－××××－×××』
どうしようか、これ。

今日は朝から履歴書の作成を行っている。

昨日言われてブチギレはしたが、確かにそうだなと思うところもあったのだ。

証明写真も撮り直しておいたし、取り敢えず今日は応募書類も作成しようと手を動かす。

履歴書を書いていると、昨日貰った名刺が目に付いた。

本田という苗字(みょうじ)は、ホント株式会社の創業者一族の名前だ。親族経営を行っているのは知ってはいたが、副社長という地位に就いている彼女が、どうして一人でダンジョンにいたのか疑問が残る。

ああ、因みに彼女の年齢は三十代後半だった。

見た目は二十代後半だった。その彼女の若々しい姿からこの年齢を想像するのは難しいだろう。

俺はスマホをいじって、ホント株式会社のホームページにアクセスする。トップページに会社名と業務内容、最近の情報などが載っている。メニュー画面に触れて会社役員を選択すると、彼女の顔写真が表示されており、その下に副社長の文字。

どうやら名刺の情報に間違いはないようだ。

彼女と会う約束をしたのは明日の昼、会社に来てくれと言われていた。

助けたのはこっちなのに来いとは何事だ！　とは思ったが、お礼はしっかりすると言われたので渋々頷いた。

明日またあの会社に行くのかと思うと気が滅入るが、でもまあ、副社長を助けた事でデカい顔が出来るかも知れない。

そしたら昨日の面接官に文句を言ってやろうと思っている。

ん？　器が小さい？　そんなもん最初からだ。


履歴書を書き終えた俺は、郵便局から発送してダンジョンに向かう。

今日は地下十二階で採掘をしようと考えている。ピッケルを買ったは良いが、使うのを忘れていたのだ。

一応、動画サイトでダンジョンの採掘方法を見て勉強したし、どんな物が売れるかも調べてあるので大丈夫だろう。

邪魔なモンスターを蹴散らし、ピッケルを収納空間から取り出して壁を削って行く。

ヨッホヨッホとガンガン削って行くが、一向に売れそうな鉱物が出て来ない。場所が悪いのかと思い移動していると、他に採掘を行っている探索者を発見した。

男子一名女子三名の四人組のハーレムパーティだ。

少しだけ殺意が湧いた。

四人組は背筋に悪寒が走ったのか、ビクッとして辺りをキョロキョロ見回していた。だが、気のせいだと思ったのか採掘作業に戻る。

そのハーレムパーティの作業をこっそりと観察していると、一人だけ違う事をしている娘がいた。

服装からして魔法を専門としている装備に身を包んでおり、大きめの杖を掲げて壁に向かって何かをやっている。

少しすると壁が砂に変わり大きく崩れ、鉄鉱石や魔鉱石が流れ落ちてきた。

おお、その手があったか!?

俺はその手法を見て感心する。地属性魔法ならではの発想だ。

そそくさと移動すると、彼女に倣って壁に手を当て地属性魔法を行使する。

イメージは岩だけを土に……いや違うな、採取対象の鉄鉱石と魔鉱石を除外して土に変えるイメージを作り上げる。範囲が広くなればそれだけ魔力を必要とするので、３ｍ先までの範囲に限定して発動する。

壁が土に変わり崩れる。そして巻き込まれた。

「グエッ！　ペッペッ」

範囲が広すぎた。砂まみれになった体を叩(はた)いて砂を落とす。

立ち上がり、砂だらけになった一面を見ると、幾つかの鉱石が落ちている。砂を足でどかすと、その中にも鉱石が埋まっており、全て回収するとそれなりの数になった。

正直な話、効率が悪い。

時間的な事で考えるなら、この方法が適しているのだろうが、魔力の消費具合を考えるとあと一度やったら空っぽになる。仲間がいるのならそれでも良いが、モンスターが現れる中で、一人でやるにはリスクが大き過ぎる。

あの子も仲間がいるからやれたのであって、一人ならば絶対やってはいないだろう。

まあ、これだけでも十分な収入になるから文句はないがな。

鉱石を回収し終わると、背後からモンスターに襲われた。

大剣を背後に回してゴブリンの攻撃を受けると、振り向き様に大剣を返し、その体を切り裂いた。

続くビックアントの酸をゴブリンを楯にして受けると、即座に距離を詰めて上から突き刺す。

残るゴブリンが攻撃のタイミングを窺っていたが、勝てないと判断したのか踵(きびす)を返して逃げ出した。

モンスターも逃げるのか。

そんな感想が浮かび、土の棘がゴブリンを串刺しにする。

「ゴブリンか……」

そこで一つ名案が浮かんだ。


壁に手を当て壁の中をトレースする。

見えない感覚が壁の中を進み、そこに何があるのか知らせてくれる。距離で言うと５ｍほど進んだところで感覚は途切れた。

次に地属性魔法を使い、反応した物だけを引っ張り出すように魔法を行使する。するとどうだろう、ずるずると一つまた一つと壁から鉱石が落ちて来た。

「よっしゃ！」

予想通りの結果にガッツポーズする。大人のゴブリンの体内をトレース出来たので、壁の中もトレース出来るだろうと試してみたら、これが当たりだった。

これは良い。魔力の消費を抑えられるし、邪魔な砂も発生しない。先程の地属性魔法と比べても、魔力の消費は三分の一だ。しかもこの方法があと一回は使える。


俺は移動して良さげな場所を見つける。周囲に人はおらず、目撃される心配も邪魔される心配もない場所だ。

そこで特に何も考えずに、またトレースして採掘しようと壁に手を当てると「キシャー!!」と気合いの入った叫び声と共に、当てた手を貫いてロックワームがこんにちはしたのだ。

「イデーーーッ！？！？」

小さいロックワームは俺の手を貫通して、その穴広げてやるぜ！　と激しく暴れ回っている。

俺は痛みを我慢してロックワームを摑んで手から引き抜くと、地面に叩きつけて踏んで倒した。

痛みに震える手を治癒魔法で回復していく。

何で壁にモンスターが？　その疑問は再び壁をトレースする事で判明する。

ちょんちょんと壁をつついて何もない事を確認すると、表面だけを広範囲でトレースしてみる。

するとどうだろう、所々にロックワームの反応がある。

ロックワームの子供なのか、道端で出現する個体よりもかなり小さい。

別にロックワームの生態なんて知りたくもないが、どうやら岩や壁に卵を産み付けるか、岩の中で子育てしているのだろう。

取り敢えず、トレースして地属性魔法で採掘するのは慎重にやった方が良い事は分かった。

てかちょっとしたトラウマだ。昔見た映画を思い出すくらいには悍ましかった。

ダンジョンを出て換金していると、どこかのハーレムパーティがはしゃいでいたので殺意が湧いた。


一昨日ぶりに、ホント株式会社に来ている。

自動ドアを通って受付の前に行くと、訝しげな顔をされた。この受付嬢は前回来た時にも応対してくれた人だ。

きっと俺の事を覚えていて、何故来たのか理由に見当が付かないのだろう。それに、前回と違ってスーツではなく私服で来ている。とても会社に足を運ぶような服装ではない。

もしかしたら、何か仕返しに来たと思われているかも知れない。

受付嬢は机の下に手を置いているが、もしかしたらそこに警報器のボタンがあって、何かあれば警備員が駆けつけて来るのかも知れない。

いや、妄想し過ぎだ。いくら何でも事情を聞かずに、そんな暴挙に出るはずがない。ないよね？

何だか不安になり、さっさと懐から副社長の名刺を取り出して渡そうとすると……警報を鳴らされた。

おい！　いくら何でも早過ぎだろ!?　そんなに俺が怪しいか!?　どこにでもいる一般ピーポーだろうがい!!

「ちくしょーーっ！」

どこからか集まって来た警備員に取り押さえられる俺。

受付嬢がどこかに電話している。まさか警察じゃないだろうな？

「待ってくれ！　俺はここの副社長に呼ばれて来たんだ！　本田愛さん、あんたらの上司だろう。名刺も貰ってる！　確認してくれ！」

証拠の名刺を差し出して、それを確認した警備員が受付嬢に渡している。

どうやら本物だと分かったらしく、俺は警備員から解放された。

受付嬢はまた何処かに連絡を入れると、こちらですとエレベーターに案内された。下りて来たエレベーターには別の人物が乗っており、そこで引き継ぐようだ。

あの受付嬢、結局謝罪の一つも無かったな。汗ダラダラで目が忙しなく泳いでいたが、せめて謝罪くらいあっても良かったんじゃないか。

不満に思いながらもエレベーターに乗る。そして、四階まで上がり副社長が待つフロアに向かった。

途中で薄毛の面接官と出くわしたが、横目で「ハゲ」と軽くジャブ入れてスルーした。

案内された先には、先日ダンジョンで倒れていた本田愛さんが待っていた。

椅子を勧められ、テーブルの上にはコーヒーとお菓子が用意されている。

「あっ砂糖はいいです。ミルクだけ下さい。お菓子はチョコクッキーだけでいいです」

ボリボリと食べるとコーヒーで一気に流し込む。うんま。いいお菓子とコーヒー豆使ってるわ。

ご馳走様(ちそうさま)でしたと大変満足した俺は、椅子から立ち上がり部屋から出て行く。

「ちょっと待ちなさい!?」

すると、愛さんから呼び止められた。

「何で帰ろうとしてるの、お礼がまだでしょ?」

「お礼? あっ、そうだった」

コーヒーとお菓子で満足してしまった俺は、副社長の愛さんから何か貰えるのを完全に忘れていた。

「それで、何が貰えるんですか?」

「……田中ハルト君、お礼をする前に話を聞いてほしいんですけど、時間は大丈夫かしら?」

「え、大丈夫ですけど、長いですか?」

「少し長いわね」

「分かりました」

俺は一度頷くと、愛さんの話を聞く態勢に入る。

ふむ。ふむふむ。ふむふむふむ。ふむふむふむグ~。

「……はっ！　蜜が奪われた!?」

目を開けると、ジト目の愛さんがこちらを見ていた。若干頬が引き攣っているのは気のせいだと思いたい。

「あっすいません。いえいえ寝てませんよ、ちゃんと聞いてましたよ、はい」

愛さんの話では、現在、ホント株式会社では親族内での内部紛争が起こっているらしい。

副社長の父親である現会長が病に倒れて生死の境を彷徨っており、そこで誰が後を継ぐのかという話になった。

現在の社長は会長の弟であり、副社長である愛さんの叔父に当たる人物だ。順当に行けば繰り上がるだけだが、ここで待ったを掛けたのは叔父の社長だった。

次の社長は、自分の息子にやらせると言い出したのだ。

いやいや、それはないだろうと言ったのが副社長の愛さん。

そもそも社長の息子は、反社会的勢力と繋がっていた過去があり、会社から追い出された人物だ。そんな男を会社に戻すどころか、会社の顔である社長に就けるなど正気の沙汰じゃないと訴えた。

だが、あれは何かの間違いだったと取り合ってくれないらしく困っているそうだ。

へー大変ですね～と他人事のように聞いていたら、どうやらダンジョンで起こった先日の一件も、社長一派が絡んでいるらしい。

愛さんの趣味はダンジョン探索らしく、あの日、会社の仲間と潜っていたら突然眠気に襲われたそうな。

そして気が付いたら、目の前に太った男がギトギトした顔を近付けていたらしい。

「それは災難でしたね」と同情すると「本当にインパクトの強い顔だったわ」と返答された。

……ん？

それから会社に戻り、一緒に潜っていたはずの者を呼び出すが、一向に姿を現さない。それで昨日、彼らの家を訪ねると、そこは既にもぬけの殻で、夜逃げした形跡があったらしい。

これは明らかに社長の力が働いたのだろうと考えた愛さんは、本格的に何かしらの対策を講じなければならなかった。

そして、それ以上にこの争いを止める手立てはないかと考えた。

考えたのは二つ。

一つは社長の息子を消す事。やられたのだから、やり返しても問題はあるまいというのは愛さんの談。だが、本心としては手を汚したくはなく、ましてや身内を手に掛けるなど、とてもではないが無理だった。

だから、もう一つの方法に賭けてみたいと思ったのだ。

そのもう一つの方法は、病で臥せった会長を治療する事。

病院の先生がもう助からないと言っていたそうだが、愛さんは回復する可能性を見出したらしい。

おお、それは凄いですねと同意し、話なげーなと思いながら鞄を持って帰る準備をする。

何でも、治癒魔法の使い手には怪我だけではなく、病を治す力を持った者もいるそうだ。治癒魔法の使い手は極端に少なく、魔法関連のスキルの中でもレア中のレアだという。

「へーそうなんですねー」

どうでもよくて、適当に返事をする。そんな俺の態度を気にする様子もなく、愛さんは俺を真っ直ぐに見つめて口を開いた。

「ハルト君、貴方は治癒魔法の使い手でしょ？」

「えっ？　そうですけど」

ズバリみたいな感じで言われたが、別に隠すような事でもないので素直に認める。

愛さんはまさか認めると思っていなかったのか、拍子抜けしたような表情をしている。

「で、それがどうかしたんですか？」

俺は鞄を持ち、椅子から立ち上がりながら尋ねる。

「明日、一緒に来て父を助けてほしいの」

との事だったので、俺は笑顔で
「いやです」

と断っておいた。


ダンジョン地下十二階に来ている。これから地下十三階に続く階段を探すつもりだ。

え？　何で断ったのかだって？

お前、あれだよあれ、あの会社って俺をめちゃくちゃ貶(けな)してたじゃん。何でわざわざ嫌な思いしかしてない会社の為に動かにゃならんのだ。結局、お礼も貰ってないし気にする必要もない。そもそも、身内の事は身内で解決するべきだ。他人の俺が関わるべきではない。

土の弾丸がビックアントの頭部を貫く。それでもまだ生きており、こちらに向かって来る。更に二発三発と撃ち込むとその動きを止めた。

今度は散弾銃のように無数の弾を発射する。

するとビックアントの体が弾け飛び、頭が爆散したように原形を止めていなかった。

離れた位置にいるゴブリンを標的に、スナイパーライフルのように加工した弾を発射する。弾はゴブリンの背中を直撃して、ぐらりと揺れるが踏み留まり、こちらに気付いたのか走って向かって来る。

土の棘で貫き止めを刺すと、スナイパーライフルが当たった箇所はどうなっているのか確認する。

そこは青痣のようにはなっているが、致命傷になるような傷ではなかった。

それから何度か試してみた結果、地属性魔法は大地から離れると極端に弱くなるというのが分かった。

弾丸や散弾はまだ使い手が近くにいるから威力は落ちづらいが、スナイパーライフルのような長距離武器には向かないようだ。ただし、魔力を更に込めると威力の減退は見られなかったので、もしかしたら込める魔力量に比例しているだけなのかも知れない。

そんな風に実験しながら進んでいると、また昨日見たハーレムパーティがいた。

今日は男子一人に女子四人。昨日よりも女子が一人増えている。

それぞれタイプの違う女の子達。男は平凡そうなのに、一体何処に惹かれたんだろうか。

見ていても不快なので、足早に過ぎ去る。

そうしていると地下十三階に続く階段を見つけた。

ロックワーム百匹とかいるのかなと警戒したが、特に何もなかった。


次の日。朝からダンジョン地下十三階を探索する為家を出たのだが、何故か高級外車の中にいる。

向かいの席にいるのは本田愛さん、ホント株式会社の副社長である。

アパートを出た所にすげー車停まってんなとは思っていたが、まさか自分が出待ちされているとは思わなかった。

まるで有名俳優のようだ。

レッドカーペットはどこだ？　主演映画のタイトルを教えてもらって良いですか？

まあ冗談はこれくらいにして、愛さんに何故こんな強硬手段を取ったのか尋ねる。すると、時間が無いと一言。そして、次の一言で俺は決心する。

「謝礼に一千万円用意します」

目が飛び出るかと思った。

「更に父の治療に成功すれば、報酬として更に一千万円支払います」

鼻血が出た。

俺は車内で大きな体を縮こまらせると、膝を突いて頭を下げる。

「何でもおっしゃって下さい、お嬢様。何でもしますよ、何なら足でも舐めましょうか？　あっ肩揉(も)みますよ」

なんて言って遜(へりくだ)っていると、ゴミを見るような目で、大人しく座ってなさいと言われた。

暫く車を走らせると高級住宅街に入り、その内の一軒家の前で車は停まる。

周囲の住宅が高級だからか、目の前の家も特に凄いとは感じずにいられるが、中に入ると、そこは俺の知っている家とはまるで別物だった。

華美ではないが高価だと分かる装飾品が飾られており、それが家の雰囲気に合わせて飾られた物だと分かる。玄関から上がると、敷かれているカーペットからして素材が違い、クッション性の他にも、足から伝わる肌触りが滑らかで、俺の知っている物と大分違っていた。


家に上がり、愛さんの後に続いて行くと、リビングから小学生くらいの女の子が顔を出す。

「ママ、お帰りなさい」

愛さんに近付く女の子は、明らかにこちらを警戒する目をしていた。

「ただいま羽衣(うい)、お客様の田中さんよ、挨拶して」

「こんにちは」

「こんちは」

俺が挨拶を返すと、羽衣ちゃんは愛さんの陰に隠れてしまった。そんなに不審者に見えるのかと落ち込んでしまう。

こちらの気持ちは放置して、愛さんは娘を連れて進んで行く。俺もそれに付いて行き、突き当たりにある部屋の前で足を止めた。

「こちらに父が臥せっています。ハルトさん、どうか父をお願いします」

頭を下げる愛さん。会社の為に父の復帰を願っているように見えたが、本心は父を思う娘として、元気な姿を見たかっただけなのかも知れない。

俺は期待に応えられるか分かりませんが、と前置きをして、臥せっているだろう病人が居る部屋の扉を開いた。

「ふん！　はっ！　ふん！　はっ！」

そしてそこには、ベッドの上で腹筋している老人がいた。

「？？？」

間違えたかな、そう思い部屋を出て愛さんにここじゃないですよと教えてあげる。

「いえ、ここで合っています」

そう愛さんは言うが、死にかけの老人なんてどこにもいない。いるのは筋トレが趣味そうなアグレッシブジジイだけだ。

「でもベッドの上にいるお爺さん、めっちゃ腹筋してましたよ」

そう伝えると、愛さんは部屋の中に入り、怒鳴って老人を叱り付ける。羽衣ちゃんは慣れているのか、その様子を何でもないように眺めていた。

羽衣ちゃんと目が合ったので微笑みかけてみる。速攻で目線を逸らされてしまった。おかしいな、姪は懐いてくれたのにな。

説教が終わったのか改めて部屋に通されると、先程腹筋していた老人が点滴を取り付けて寝転がっていた。その体は布団を被っていても分かるほどに非常に逞しく、今でも乳酸を欲しているのが分かる。

この人のどこに病があるのか尋ねると、心臓の病と白血病のダブルパンチで死にかけているそうだ。

「いやいや、嘘はやめましょうよ。病気もこの人から逃げ出すでしょ？」なんて言うと「馬鹿もん！　儂は嘘が嫌いじゃ！」などと激昂された。

それが死にかけの病人の態度じゃないんだよとツッコミたいが、またアグレッシブに怒られそうなのでやめておく。

「じゃあ、治療始めますね」と投げやりに宣言して、布団をぺっと剥ぎ取って老人の体に手を当てる。布団を剥いだ時にジジイが顔を赤らめるが、お前は何を恥じらっているんだとツッコミたかった。

治癒魔法を使用して、少しずつ出力を上げていく。

魔法が老人の体を通っていくのが分かる。そして何か引っ掛かりのような抵抗にあい、中々治療が進まない。

更に出力を上げるが、それでも邪魔された感じがして上手くいかない。

一度、治癒魔法を取りやめて方法を変える。

力業で治癒魔法を通しても行けそうだが、何だかそれだけでは駄目な気がする。この老人に、正確には老人の体内に、何か変な異物が混じっているような感触があるのだ。

それが何なのか分からない。なので、トレースしてその体の異常を調べていく。

すると、血液の中に異常と分かるモノが流れており、心臓の細胞が一部肥大化していた。

これをどうすれば良いのか分からない。医者ではないのだから、それは仕方ないだろう。

だから自分の体を調べる。

正常な体を知らなければ、どう治して良いのかが分からないからだ。まあ、今の俺の体が正常かどうかも判らんがな。

ただ、この老人の体を調べて分かった、本当に末期の患者だ。どうして腹筋が出来たのか分からないほどの末期具合だ。

急いで治療しなければ、数時間後にはあの世に行ってもおかしくはない。

だから、なりふり構わずフルパワーで治癒魔法を使用する。

「ムオーッ!?」

癒しの光に包まれた老人が、恍惚とした表情で絶叫する。

「おい暴れんな、治療中だ！」

注意するが、叫び続ける上にベッドの上でバタバタと激しく動き回る。押さえつけようにも、病人に乱暴な事は流石の俺でも気が引けてしまう。

暴れ回る手や足が俺に当たるが、もう諦めて治療に集中しよう。

不要なモノを排除して、異常箇所を作り替えるように治療する。モデルが俺の臓器なので、どこまで正常に動くか分からないが、やらないよりはマシだろう。

あとは、体力が回復するように魔法を使用してやれば治療は完了だ。

治療が終わると、老人の体から不吉な黒い霧が湧き上がる。これが異物の正体だろうか？

放置していると何かに纏わりつきそうだったので、身体強化した拳で打ち抜いて霧散させた。

これで無事に治療は完了した……と思う。

老人は目をカッと見開いたまま放心して天井を見ている。これは前からだろう、きっとこの老人の姿は元からこれに違いない。

「うむ」

俺は老人を見て頷くと、愛さんに向き直りもう一度頷く。

「治療は終わりました。成功です！」

愛さんは驚いた顔をして、まるで感動しているようだった。

「馬鹿言わないで!?　お父さんがこんな顔してるのに成功な訳ないでしょ!?」

違った。割とガチで怒っている。

残念ながら、騙されなかったようだ。

だから正直に、治療はこれ以上は無理で、これで治ってないなら俺には何も出来ないと告げた。

そして正確な状態が知りたいなら、病院で検査してくれとも伝えておいた。

俺は愛さんのお宅を出るとダンジョンに向かう。どうやら、帰りはご勝手にどうぞという事らしい。

そして、いつもの三倍の時間を掛けて、ダンジョンに向かった。


「俺の邪魔すんじゃゃねー!!」

ロックウルフをすれ違い様に斬り捨てる。

体が多少硬い程度では、俺の大剣は防げない。

「金も寄越さねーくせに偉そうな事言ってんじゃねーよ!」

連携を取った攻撃を繰り出すロックウルフだが、動き出す前から土の棘の餌食となり二匹同時に退治される。

「潰れろや糞会社が!!」

魔法で砂を頭上に持ち上げると、ロックウルフに纏わり付かせて動きを阻害する。動きの遅くなったロックウルフなど怖くはなく、ゆっくりと近付いて大剣で止めを刺した。

ダンジョン地下十三階、新たに出現するロックウルフは頑丈な体と牙、爪が武器だ。だが、それ以上に厄介な武器はその連携である。

どういう合図を行っているのか分からないが、息を合わせたように前後、左右、タイミングを合わせたり、ずらしたりと、一人では対処に苦労するような攻撃を仕掛けて来る。

俺も魔法と剣が使えなかったら危なかった。その感想をもってロックウルフの厄介さを賞賛する。

ロックウルフの採取部位は牙と爪で、一個五百円で買い取ってくれる。既に三十個手に入れているので、一万五千円の収入は確定だ。

俺はホクホク顔で探索を続けていると、先日見たハーレムパーティを目撃した。

ただ、今回は様子が違っており、緊張感を持ってモンスターと対峙している。

前衛は男子一人と女子一人。後衛は魔法使いの女子一人と弓使いの女子一人。そして何もやってない女子が一人いる。

対するモンスターはロックウルフ五匹とゴブリン三体。

どんな戦い方をするのかなと見ていると、前衛の男子がモンスターの足止めをして、前衛の女子が遊撃のように素早く動いてフォローしている。後衛は男子が引き付けているモンスターに攻撃を加えて着実に数を減らして行った。

上手く連携が取れており、終始危なげなくモンスターを圧倒している。勉強になるなと思うほど見事な連携だった……と思う。

俺自身、誰かと連携を取った事も、他人の戦う姿を見た事もなくて、なんとも言えないのだ。

ただ、何もしていないと思っていた女子は終始何かしら魔法を使っていた。それが何かは分からなかったが、役立たずではなさそうだった。

ハーレムパーティの戦闘を見終わると、俺はダンジョンを出て帰路につく。散々暴れたおかげでスッキリしたので、今晩のビールはさぞ美味しいに違いない。

「ブフッ!?」

そして、帰って口座を確認すると二千万円振り込まれていた。

鼻からビールが出た。


昨晩、一睡もせずに小躍りしていた。

原因はスマホの画面に映る残高表示にある。

二千一万七千円。

おいおい、これは一体どういう事だ? 俺は夢でも見ているのか? 宝くじでも当てたのか?

いーや、もちろん違う。これは正当な報酬だ。俺があのアグレッシブジジイを治療した成果だ。

正直、騙されたと思っていたのもあり、良い意味で期待が裏切られた。

もしもこの収入がなければ、明日からモヤシ生活を考えていたので、それが回避出来たのはもの凄く嬉しい。

俺は、確かに受領しましたと愛さんにメッセージを送っておき、そのまま着信拒否に登録した。

これでもう関わる事もないだろう。

何だか全てが上手くいっているような気がして物凄く気分が良い。そうだ今日は豪勢にパーッと行こうじゃないか。

ん、なに？　自分の体見てみろ？　霜でも食ってろだって？

ふん、まったくその通りだ。俺みたいな奴は霜を食うべきだ。豪勢な霜降り肉をな！

デブがなんだ！　健康であればそれで良いだろうがい！　たとえこれ以上太ったとしても、俺は霜降りの焼肉を食うと決めたんだ!!

カルビにロース、牛タンにホルモンをビール片手に食いまくる。その絵面が醜い豚だったとしても、腹を満たせれば俺は満足だ。

垂れる涎(よだれ)を拭って、更に美味しく焼肉を堪能する為にダンジョンでのカロリー消費に向かった。

突然だが、最近気付いた事がある。ダンジョンはエクササイズの場所として最適なのではないかと。

太ったお前が何言ってんねんとの言葉が飛んで来そうだが、まあ聞いてほしい。

元来、運動とは辛(つら)いモノだ。

趣味がスポーツや筋トレなんて人は、それを日課に組み込み、やらないと落ち着かない体にしているから出来ている。だから辛いとは思わない。思ってもやめようとしない。何故ならそれが日常であり、当たり前だからだ。

ならば普段運動をしない人は、どうやったら日頃から体を動かすようになるだろう。

それは報酬を与えたら良いのではないかと考える。

ダンジョンでは、モンスターを倒せばお金を貰える。モンスターの一部を持って帰る必要はあるが、それでも確かに稼げるのだ。しかも、報酬はそれだけではなく、レベルアップという恩恵にスキルという特殊能力まで手に入る。

強くもなれるし、理想の体も手に入る。良い事尽くめではないだろうか。

それを隣にいる初対面のおじさんパーティに熱弁すると、馬鹿じゃねーのかと鼻で笑われた。

「お前なぁ、命のリスクを賭けないで出来るなら話は別だが、一歩間違えれば低階層でも死ぬんだぞ。誰が好き好んでそんな危ないダンジョンに来るんだよ」

などと、グウの音も出ないほど論破された。

「探索者ってのはな、命を秤に掛けてやる仕事なんだ。生半可な気持ちで来るんじゃねぇ」

何気にカッコいい捨て台詞を残して去っていくおじさんパーティを見送る。人生の先輩はよく考えているようだ。俺も将来ああなりたい、とは欠片も思わないがな。

俺は気を取り直して探索を開始する。

今日の目標は、地下十四階に続く階段を見つける事だ。

薄暗い洞窟を探索しているとロックウルフ、ロックワーム、ビックアント、ゴブリンの混成チームが現れた。

多様なモンスターが集まると、いつかの痺れ蛾のように、同士打ちしてくんないかなと懐かしんで期待してしまう。

流石にそんなうまい話はなく、四体纏めて襲い掛かって来た。

今回は大剣だけで行こう。

最初に接近するロックウルフを突き倒す。次にビックアントの頭を突きで潰し、ゴブリンの体を突き殺した。

最後に残ったロックワームは必死に擬態しているが、ゆっくりと近付いて突き潰した。

終わってみれば全て突きで倒していた。突きは速く、シンプルで威力が乗るから使いやすく、つい多用してしまう。他の剣技も試してみようと、別のモンスターを探して回る。

好戦的になっていたのが悪かったのか、ただ単に運が悪いのかは分からないが、俺はもう少し慎重に進むべきだった。


探索を進めていると、どこからか少しだけ甘い香りが漂って来る。

何の匂いか分からないが、お香と言うには薄く、良い匂いとも言えない、そんな何とも言えない微妙な甘い香りが充満し出したのだ。

何かのトラップかと周囲を警戒して進むと、大きなフロアにたどり着いた。

そこでは、あの甘い匂いも薄まっており、特に不快に思うような事も無かった。だが突然、何か多くの気配が近付いて来るのを感じ取った。

このフロアの侵入口は全部で四箇所、そのどれからも大量の気配、モンスターが近付くのを感じ取る。

そして姿を現したのは大量のロックウルフ達。悍ましいほどの数の大群となって、俺に向かって来たのだ。

「マジかい!?」

悪態を吐きつつ、大量の土の棘が先頭のロックウルフ達を突き刺し、その進行速度を削ぐ。

ビックアントの時は、わざわざ土の棘を破壊して進んできたが、今回は後方から飛び上がったロックウルフが、自ら土の棘に飛び込んで絶命していた。

それでも飛び越えて来る個体はおり、近付いてきたモンスターの首を大剣を振って飛ばす。

更に越えて来たロックウルフ二匹をまとめて袈裟斬りにすると、無数の土の弾丸を地面に設置する。

最初の土の棘がようやく破壊され、大量のロックウルフが迫って来ると、地面に設置した弾丸を天井に向けて撃ち出し、多くのロックウルフを始末する。

再びロックウルフが接近する前に、次弾を設置すると、大剣を持って仕掛ける。

「おぉらあーーー!!」

独楽のように回転し、大剣でロックウルフを斬りまくる。無駄な動きだが、大剣の威力を最大限に活かして、かつ多くのモンスターを始末するにはこれが最適だ。

そこそこの数斬ったところで、目が回って動きを止めてしまった。フラフラしている隙だらけの俺に、容赦なく襲い掛かるロックウルフ達。それを、先程設置した弾丸を発射させて始末する。

頭を振って三半規管を回復させた俺は、再び大剣と地属性魔法でロックウルフを殲滅していく。

一体なんだったのだろうか？

沢山のロックウルフの屍の上で、俺は考える。

攻めて来たロックウルフの数は五百を超えており、フロア一帯が濃い血の臭いに支配されている。

この数のロックウルフに襲われれば一溜まりもないと思っていたが、努めて冷静に当然のようにロックウルフを殺し尽くしていた。

大群のビックアントに襲われた時は、死の覚悟をしたので、一発逆転を狙って行動し危機を脱したが、今回はそんな危機的状況に陥る事もなかった。

ただ、淡々と作業を繰り返した感覚だ。

それに、モンスターの様子もおかしく、普通でなかったのも大きいだろう。

元来、ロックウルフは他の個体と連携を取り攻撃を仕掛けて来るモンスターだが、このフロアにいるロックウルフ達は一匹として連携を取らなかった。それはつまり、最大の武器を放棄していたのだ。

そのせいで数の暴力を活かせず、俺に擦り傷一つ負わせる事も出来ずに全滅した。

もしかして、何かに操られていたのだろうか？　なら何に？

ビックアントで言うところの女王蟻みたいなのがいるのか？

辺りを見るが、それらしいモンスターはいない。いや、統率者がいるなら弱くなる説明が付かない。

……分からん事を考えても仕方ないか。

俺は思考を放棄して作業の準備をする。

何せこの数のロックウルフから素材を取らなければならないのだ。時間が惜しいので、直ぐに作業を開始した。


「焼肉うめ～」

スーパーで半額表示された肉を買い、ホットプレートで焼いていく。ビールをクイッと飲んで、焼いた肉にタレを付けて口に運ぶ。

本当なら、ちゃんとした精肉店で購入したかったのだが、素材の回収に手間取って遅くなってしまったのだ。

それでも、久しぶりの焼肉だ。会社勤め以来の焼肉だ。

あの時は、同僚と会社の愚痴ばかり言いながら飲んだものだ。

ふふ、なんだかんだで楽しかったな……今は一人だけど。

何だか寂しくなった俺は、一人焼肉は今日で最後にしようと決めた。

飲んで食って寝て起きたら昼だった。きっと昨日、テンション上がりすぎて一睡もせずに行動したせいだ。もしかしたら、自由人フリーター生活に体が慣れたのかも知れないが、それはないと信じたい。

起きて収納空間から女王蟻の蜜を取り出してクイッと一杯。

「クィーーー!?」

相変わらず美味しさに腰が砕けそうになる。

以前は朝のコーヒーがルーティンだったが、それが蟻蜜に変わってしまった。量に制限があるので、考えて飲まなければ直ぐに無くなってしまうだろう。だからこそ、朝の気付に一杯だけ頂くように制限していた。

当初は長期保存出来ないから、さっさと飲んでしまおうと思っていた。だが、収納空間に入れていると、冷たい物は冷たい状態で保存され、熱いものは熱いままで保存されていたのに気が付き、収納空間の中は時間の経過が無いか、恐ろしく遅いのではないかと考えたのだ。

その考えは的中したようで、収納空間に入れていると時間の経過による劣化の兆候は見られなかった。

何て便利な能力なんだ。この能力だけでも探索者をやってよかったと思う。

スマホが鳴り画面を見ると、知らない電話番号から連絡が来ていた。何だか嫌な予感がして鳴り止むのを待った。それから電話番号をネットで検索すると、ホント株式会社がヒットした。正直なところ、もうこの会社と関わりたくないので取らなかったのは正解だったようだ。

仕方ない、それだけあそこには良い印象が無いのだから。

俺は最近気付いた事がある。

一定期間、無職な奴らを強制的にダンジョンに放り込む法律を作れば、世の経済はより良くなるのではないかと。

病気や異常を抱えた人は別にしても、健康な体を持った無職は十分な労働力になる。

専門的な知識や経験が必要になる職場では通用しないだろうが、ダンジョンならばその心配もない。なにせモンスターを倒して、それを持って帰れば良いだけなのだから。そんな簡単な行動でお金が貰えるのだ。知識も何も必要ない。正にうってつけの職場ではないだろうか。

それにこのような法律が出来れば、ダンジョン行きを嫌がった人達は就職するのではないかと考えたのだ。

その考えを隣に立つおじさんパーティに伝えると、馬鹿じゃねーかと鼻で笑われた。

「お前なぁ、そんな法案が提出されてみろ、人権団体が反対運動を起こして認めさせる訳がないだろうが。仮に施行されたとして、そいつらがどれだけ働けるのかも分からん、寧ろ率先して死ぬんじゃないか。そんな事になれば、そいつの家族から一生恨まれるだろうが」

「仮に余計な力を付けた無職達が反乱を起こせば、国が滅びる可能性だってあるんだぞ。六十年前の再来を政府がやるわきゃねーだろ」

「単純に、そんなリスクしかない法律を認めるはずはない」

グウの音も出ないほど論破された。

そんな極端な理屈を言われたら、何も言えないじゃんとも思うが、何も言い返せなかった時点で俺の負けである。

おじさんパーティは人数が昨日の倍になっており、その内の一人が異様に体調が悪そうだった。

「あのー、大丈夫ですか?」

「こいつの事は気にすんな、気が立っているだけだからさ」

気が立っている割には、かなり辛そうに見える。だが、おじさんの忠告通り、髪の合間から覗く目は、今にも人を殺しそうな狂気をはらんでいた。

俺は忠告に従って距離を取る。

どうしてか、俺は彼から凄く恨まれているような気がした。

初対面のはずだから、何か俺がやったという事は無いはずだ。でも、あの目を見ると背筋が冷たくなる。


おじさんパーティが去って行くのを見送り、俺も行動を開始する。

今日は昨日に引き続き、地下十四階に続く階段を探索するつもりだ。なので、ここは足早に通り抜けようと走って移動する。

途中のモンスターは極力相手にせず、邪魔なモンスターの頭上を壁から壁に跳んで通り過ぎ、追って来るモンスターを振り切る。だが、五匹のロックウルフがどこまでも追って来るので、そいつらだけはささっと始末する。

そうこうしていると、昨日ロックウルフの大群に襲われたフロアにたどり着いた。

既に昨日の戦いの痕跡は消えており、ダンジョンのどこにでもあるフロアの一つになっている。

ただ、そのフロアの中央には、先程別れたはずのおじさんパーティが集って（つど）いた。

何かあったのだろうかと近付いてみると、俺に気付いたおじさん達は驚いた顔でこちらを見る。

「……お前だったのか」

最初に、俺の考えに意見したおじさんが驚いている。

「くそっ！　喋っちまったじゃねーか、コイツをやんないといけねーのか!?」

二番目に意見したおじさんが、何だか分からないがもの凄く苦悩しているように見える。

「どうやって生き延びたんだ。ロックウルフの群れだったんだろ？」

どうやら、昨日のロックウルフの件は彼らが関与しているようだ。

「このデブは強いのか？」「弱そうじゃないか」

中々失礼な事を言ってくれる。

「油断はするなよ、全力で殺すぞ」「囲め、逃げられても厄介だ」

俺の中で、何かスイッチのような物が入る。これは、一般人だった頃なら絶対に必要のなかった物。

「なあ実（みのる）よ、コイツで間違いないのか？」

そして、こんな状況なのに動じないのは、それだけ探索者というものに染まっているからなのだろう。

「ああ、コイツだ。俺の計画を邪魔したのはコイツだ！　殺せーーーッ！！！」

体調が悪いと思っていた男が叫ぶ。その叫びには恨みが籠もっており、その危機迫った顔はゴブリンよりも醜悪なものに見えた。

正直、今の状況が全く分からない。命を狙われているのは分かるのだが、その理由が不明だ。昨日のロックウルフの一件に何かしら関わっていそうなので、ちょっとそこら辺を教えてほしい。弱体化したロックウルフを集められるなら、まとめて狩れてお祭りワッショイである。仮に操れるのなら是非ともその方法をご教授願いたい。モンスター同士をぶつけて潰していけば、楽して素材回収である。

あと、殺すって言うなら……。

「敵に時間を与えるなよ」

おじさん達の足元から土の棘が生え、三人が足を貫かれる。

瞬間、身体強化を施し、避けた一人に接近しその足を斬り飛ばす。

「馬鹿な!?」「こいつ速いぞ!」

そこで、ようやく動き出したおじさん達は武器を手に取り、殺意を向けて来る。だが、既に四人を動けない状態に追い込んでいるので、警戒して直ぐには動けないのだろう。

まあ、ポーションで回復させたら復帰出来る傷ではあるが、それでも数分は稼げる。

おじさん達から火球の魔法と風切りの魔法が放たれる。しかし、その速度は大したものではなく、左右ジグザグに避けて距離を詰めて行ける。

魔法使いは厄介だ。

自分もそうだから分かるが遠距離、中距離、近距離、どの距離からでも攻撃は可能である。しかも大技のような魔法を持っている恐れもある。早々に片付けるべき対象は奴らだ。

それはおじさん達も分かっているようで、魔法使いをカバーしようと戦斧(せんぷ)や長剣を持って横から妨害して来る。

何度か攻撃に大剣で対応するが、正直言って拍子抜けだ。

何故なら、以前戦った大人のゴブリンと比べて、圧倒的に武器の扱いが下手だからだ。

せめて何か学べないかとトレースを発動していたが、無駄になってしまった。

今度はこちらの番だと大剣で二人纏めて吹き飛ばす。

「ぐっ⁉」「がっ⁉」

吹き飛ばされた二人は地に足を着けると、戦斧のおじさんが引けと長剣のおじさんに向かって叫んだ。

直後に、二人の足があった場所に土の棘が生える。

避けられるとは思わなかった。タイミングは合っていたはずだ。

何かのスキルだろうか？

どうして避けられたのか目を細めていると、また別のおじさんが襲い掛かって来る。次に来たのは、おじさん達の中でも一番厄介そうな巨漢のおじさんだ。

無骨で大きな斧(おの)を片手に、鋭い一撃が振り下ろされる。

「くっ⁉」

それを大剣で受け流し返す刀で斬ろうとするが、衝撃が突き抜け、手が痺れてしまい上手く動けない。

この衝撃もスキルなのだろうか。思わず痺れる手を見てしまい、巨漢のおじさんから目を離してしまった。

前蹴りを体に受け、壁際まで吹き飛ばされる。

「がはっ!?」と壁に衝突した俺に向かって、魔法が放たれる。先程とは違い、大量の火の槍と一面に展開された風の刃だ。

全てを避けきるのは無理と判断して、身体強化を極限まで上昇させる。火の槍の射線から逃れると「つらああーーっ!!」と気合いと共に風の刃を纏めて大剣で切り裂いた。

ふぅーと息を吐き出し、今度はこちらの番だとおじさん達に向かって動き出す。だが、すると、何か、そう、どこかで見た黒い霧が俺の上に降り注いだ。

「────がっ!?」

途端に気分が悪くなり、動きを止めてしまう。余りに苦しくて大剣を落としてしまう。

何が起こったのか冷静に考える。ここで焦れば、きっと失敗するからだ。

アレは見た覚えがある。前は対処出来たはずだ。そうアレは……。

「流石は実さんだ。あの人はやっぱスゲー」

動けなくなり蹲っていると、止めを刺しに来たのか、巨漢のおじさんが斧を持って目の前で立ち止まる。

何かを喋っているが、反応するつもりはない。

そして、巨漢のおじさんがその大きな斧を振り下ろす瞬間、俺は大剣を持って立ち上がり、巨漢のおじさんの手を斬り飛ばした。

「ぎゃー!?」と悲鳴を上げて蹲る巨漢のおじさん。その横を通り過ぎて、残ったおじさん達に向かって歩き出す。

「馬鹿な、実の呪いを受けたんじゃないのか!?」

「実っ!? やばい、逃げるぞ!」

「馬鹿野郎!? 仲間を置いて行けるか!」

呪いというのは、先程の黒い霧の事だろう。あれを治癒魔法で追い出せていなければ、正直危なかった。あのアグレッシブジジイを治療したのは、ある意味正解だったのかも知れない。何せ呪いの対処法を知る事が出来たのだから。

「今度はこっちの番だ。俺を殺そうとしたんだ、やり返されても文句は言うなよ」

そう宣言すると、一気に加速して迫った。


ふう、終わった終わった。

まさか、さっきまで話していたおじさん達から命を狙われるとは思わなかった。

標的は俺で間違いないのだろうが、俺の顔を知らなかったというのが腑に落ちない。何かしら恨みを抱えているのなら、それなりに相手の事を知っているはずだ。それが、あのフロアに辿り着くまで、おじさん達は俺がその対象だと知らなかった。

「つー訳だから、そこんところ喋ってもらおうか」

分からなかったら聞けばいい。俺はおじさんに理由を尋ねた。

ん？　殺してないよ。動けないくらいに痛めつけただけだから。

危なそうな奴は、腕やら足を切ってあるから直ぐには動けない。魔法使いの二人は気を失っているし、実と呼ばれた呪いのおじさんは勝手に気絶していた。

「お前なんだろ、実の計画を邪魔したのは」

「何の話だ？」

冒頭から何の話かが分からない。それを話せと言っているのに、質問で返されても困る。

「ホント株式会社を乗っ取る計画だ。お前は副社長に雇われた探索者なんだろ？」

「違うけど」

「……は？」

愛さんに依頼はされたけど、一度治癒魔法を使っただけでそれ以上の関わりはない。そんな俺の返答が意外だったのか、ベラベラと喋り始めた。

呪いのおじさん、実がホント株式会社の社長の息子らしく、じつの父を操り会社を乗っ取ろうと計画したそうな。

社長の息子なら、順当に行けば次期社長じゃないかと思ったが、愛さんが追放されたと言っていたのを思い出す。

会社を乗っ取る為、邪魔する者を排除しようと行動していたら、逆に邪魔をされた上に、失敗して深刻なダメージを受けたらしい。どうやってダメージを与えたのか分からないが、誰がやったのかは何となく分かったそうだ。

それには実のスキルが関連しているそうで、昨日のロックウルフの一件もそのスキルを使用したものらしい。

その結果、失敗してまたダメージを受けたらしいが。


そこまで聞いて興味を失った。

ロックウルフの事は興味があったから話を聞いていたが、あの会社関連の話は、正直どうでもよかった。

スキルの中にはモンスターを操る能力がある、それが知れてよかった。この襲撃を退けて得た情報はそれだけである。他は本当にどうでもよかった。

「どうするんだ？　俺達を殺すのか？」

おじさんは諦めたように俺に問い掛ける。

「殺して俺が得するのか？　あんた達は、もう俺を狙わないんだろ」

「ああ、副社長側じゃないなら襲う必要もない。というより、俺達はこの一件から手を引く。ここまでやられたんだ、実も納得するだろう」

酷く疲れた顔をしたおじさんだが、俺に殺す気が無いと知って安堵していた。だが命を狙われた以上、タダで引く訳ないだろう。

「じゃあ、慰謝料の話をしようか」

「え？」

困惑するおじさん達を脅して、迷惑料として装備を全て剝ぎ取る。これで今回の一件をチャラにして、命は見逃してやるのだから文句はあるまい。

まあ、殺す勇気もないけどね。

俺はおじさん達が持つポーション以外の物を回収すると、収納空間に全ての荷物をしまう。まさかの臨時ボーナスにうきうきしながら、そんじゃとおじさん達に挨拶をしてその場から離れた。


今日も良いものが食えそうだとテンションを上げつつ探索を進めると、運良く地下十四階に続く階段を見つけた。

今日はここまでだなと来た道を戻り、もうおじさん達も帰ったかなとフロアの様子を覗いてみると、そこには地獄の光景が広がっていた。

なんと、おじさん達がモンスターに襲われて絶命していたのだ。

「……おう」

ショッキングな光景に思わず声が漏れる。

考えてみれば当然の結果だったのかも知れない。いくら熟練の探索者でも、モンスターを倒す武器がなければ、脅威を退ける事が出来ないのは当然の話だった。

しかも、俺との戦闘で傷付いており、ポーションで回復するにも時間は掛かる。そんなところを襲われたら、一溜まりもないだろう。

完全にやらかした。

「貴様らーーーっ!!」

俺はおじさん達の仇(かたき)を取る為に、モンスターに襲いかかった。

閑話 本田実

mushoku ha kyou mo kyou tote meikyu ni moguru

最初の挫折はいつだったろうか。

学校のテスト、運動会で負けた時、好きな人が別の男と歩いていた時。

少なくとも本田実(ほんだみのる)にとって、それらの出来事は、過去に経験した出来事に比べれば下らないものだった。

本田実の世界が最初に壊れたのは、小学校三年生の頃だ。

病気の流行で学校が早く終わり、家に帰ると母と知らない男性がいた。寝室にいた二人が何をしていたのか、まだ幼い当時の実には分からなかった。しかし、それがいけない事だとは何となく察してしまった。

きっと父に告げ口すれば大変な事になると理解し、母を止めなければと幼い心を奮い立たせた。

男性が帰ったのを見計らって姿を現した実を見て、母は酷く焦っていた。焦って何か苦し紛れの言い訳をしていたが、それを無視して実はもうやめてくれと、あの男性に会うのをやめてくれと訴えた。

きっと優しい母なら、これで分かってくれるはずだと期待していた。だが、その言葉を聞いた母の返答は、言葉ではなく暴力だった。

最初、何をされたのか理解出来ずに放心していると、ジンジンと頬が痛みだしそれを知らせてくれる。

それでも脳が理解を拒否する。

あの母が、優しい母が僕を叩く筈がないと理解を拒否する。

ボーッとした実の様子を見て、母はごめんねごめんねと泣きながら頭を撫でてくれる。そして、貴方が黙っていてくれたら、これまでと何も変わらないわと優しく微笑む。

これは母なのか？

そう疑問に思うが、見た目は母親そのものだった。

実は黙って頷いて了承すると、母親だったものは、いつもの母に戻っていた。

その様子を見て、母は二人いるのだと錯覚してしまった。

それから、男性の事は父に黙っていた。

言わなくちゃと思うのだが、恐ろしい母の姿がフラッシュバックして震えて何も言えなくなっていた。

暫くの間は、これまでと変わらない日常が続く。実は自分が我慢すれば、父も母も、いつまでも一緒にいるのだと思っていた。

それは実にとって、大切な家族を守る唯一の方法だった。このままで良い。穏やかな日々が過ぎてくれたらそれで良い。幼い心はそれだけを願っていた。

だが、実の願いは届かない。

夕食時に母が妊娠したと言いだしたのが、実にとって初めての崩壊の始まりだった。

父は実に部屋に戻ってなさいと強めの口調で言うと、無理矢理リビングから追い出してしまう。

嫌な予感がして二階に上がりベッドの上で丸まっていると、下から怒鳴り声が聞こえて来た。

耳を塞いで何も聞かないようにと更に体を丸める。それでも聞こえてくる声を聞きたくなくて、枕を頭の上に乗せた。

暫くすると部屋がノックされる。

扉を開けると、そこには父が立っており母は実家に戻ったと告げられた。

その時、実は足元が崩れていくような感覚を覚えた。

子供は案外賢い。大人が分からないと思っている事も、子供はしっかりと理解している。

それは実も例外ではない、寧ろ他の子よりも賢い子供だった。

実は考える。自分は何の為に黙っていたのか、何の為に我慢したのか。かつて母親だったものを今も母だと必死に思い込んで、なにを必死に笑顔を作っていたのかと。

これまでの事を思い出した実は気持ち悪くなり、その場で吐いてしまう。

父が心配そうにしているが、どうでもよかった。自分が守りたかったものは、こうもあっさりと壊れて無くなるのだと幼い心が絶望に染まっていく。

こうして実は一度目の挫折を味わった。

そして、これがきっかけになり実は歪(ゆが)んでいく。


心に深い傷を負った実を心配した父は、カウンセリングを受けさせたり、色々なところに遊びに連れて行ってくれた。可能な限り実と共にいようと、早く帰ってくる事が多くなった。母がいなくなり、これまでやらなかった家事を頑張ってやってくれた。どうしてそれをもっと早くやってくれなかったんだと反発もしたが、父は何も反論せずただ「すまない」と謝るだけだった。

これが父なりの愛情表現だと理解しても、どうしてあの時にと考えてしまう。だが、その献身的な父のケアにより、実の心は平穏を取り戻した。と父は思っていた。

学生として優秀な成績を残し、表面上は優等生を演じていた実だが、裏ではガラの悪い連中を従わせ、イジメやカツアゲなどの様々な悪事に手を染めていた。

大学に上がると、半グレと関係を持ち、反社会的勢力とも繋がりが出来た。過去の出来事で暴力が苦手になっていたが、それ以外の事は率先して手を出していた。

大学卒業まであと少しとなり、心配した父から連絡が入り地元に戻る事になった。この時には、実の精神もある程度安定しており、悪い事はもう出来ないなと足を洗うつもりになっていた。

だが、これまで実がいた世界は、彼が一人だけ表の世界に戻るのを許さない。

実が真面目に会社勤めをしていると、あの頃の仲間が訪ねて来る。見た目は普通のサラリーマンだが、中身は凶悪な犯罪者だと知っている。

過去が実を餌と定めた瞬間だった。


それからの実の日常は地獄に変わった。愛してくれる父を裏切り、会社の金を横領し続けた。

誰かに相談すれば良かったのだろうが、過去の悪事を父に知られるのが嫌で必死に隠したかった。

最悪な日常を続けていると精神が摩耗し、自殺を考えるようになる。

そんな時だ、従姉妹(いとこ)の愛にダンジョンに誘われたのは。愛は気晴らしのつもりで実を誘ったのだろうが、このダンジョン探索が実の人生を大きく変えるきっかけになる。

暴力が嫌いな実が、地下十階のボスモンスターを必死に倒し、そこで、スキル玉から得たスキルは【呪詛(じゅそ)】であった。

従姉妹の愛には魔法系だと言って誤魔化すと、ダンジョンから出てとある場所に向かう。

向かったのは、実を脅す反社会的勢力者が住むマンション。

今月分の上がりを渡すと言って部屋に入ると、すかさず男の頭を掴み呪詛を唱える。

上手くいくとは限らないが、何故か実には成功する確信があった。

呪詛を唱え終えた実は、一度窓の方を指差すと男が頷くのを確認して部屋から出て行く。

暫くするとマンションの方から悲鳴が上がる。救急車のサイレン音が鳴り響き、それをＢＧＭにしてこれまでにない軽い足取りでその場を後にした。


それから五日後、実は逮捕される。

逮捕の理由は殺人ではない、反社会的勢力の男は自殺として処理されている。実の罪状は横領罪だった。

会社内で不審な金の流れがあると、以前から会計課により報告されていた。その原因が実であるのも判明していた。そして、今回の反社会的勢力者の自殺により全てが確定したのだ。

金の行き先を探る為に少しの間泳がせていたのだが、自殺した反社会的勢力の人物の家を家宅捜索すると、これまでに誰からいくら貰ったのか帳簿が付けられていた。

その帳簿を基に逮捕されたのは実だけではなく、かなりの人数にのぼった。これは、反社会的勢力による複数の会社を標的にした大掛かりな横領事件として、大いに世間を騒がせた。

当然だが、実の他多数の事件に加担した者の実名が公表され、表を歩けないようになってしまう。

しかし、実にとって最も辛かったのはそれではなかった。

「実、お前には失望した」

唯一の家族である父からの拒絶であった。

事件をきっかけにして、かつて自分が犯した悪事が明るみになったのだ。全てを知った父から完全に拒絶され、見放されたのである。

自業自得と言えばそれまでだが、涙が止まらずにずっと流れ続けていた。

母が去り父から見捨てられた実は、二度目の挫折を味わう。


横領が多額だった為、三年間の服役を経て出所する。

刑務所を出ると、そこに親族は誰もおらず本当に見限られたのだと確信して自嘲する。

今更悲しくはない、自業自得なのだ。見捨てられて当然だった。

罪を償ったからと言って全てが許される訳ではなく、実の人生が終わる訳でもない。生きる為に職を探そうと行動するが、名前を検索されてしまい前科がバレてどこも雇ってくれない。

起業しようにも先立つモノが無かった。

どうにもならずフラフラと公園をぶらついていると、どこかで見た顔があった。まるでホームレスのような風貌だが、いや、実際にホームレスなのだろうが、服役していた時に何度か会話した人物だ。

知り合った経緯は最悪だが、懐かしくなって声を掛けてしまった。

向こうはこちらを覚えていなかったが、いくらか説明すると思い出してくれた。

歳は実よりも十は上だが、気さくな感じで話してくれた。

あれからどうしたのか、これまでに何をしていたのか互いに話し合った。その内容は、実と余り大差無かった。おかげで、親近感が湧いてしまった。

だから誘ってみたのだ。

どうせやる事が無いのなら、命を賭けてみないかと。

「なあ、俺とパーティ組んでダンジョン潜らないか？」

「ダンジョン？　俺みたいな中年が探索者やんのかよ。無茶言え」

「どうせ失った人生なら、足掻いてみないか？」

「……俺には何も無いぞ、それでもいいのか？」

「俺だって何も無いさ。ただ生きてるだけだよ。一緒にやろう」

失う物が何もない二人が互いに手を取り、立ち上がった瞬間だった。

それから探索者として真っ当に生きれば良かったのだが、どうしてか上手く行かなかったのが、本田実という男の人生だった。


探索者となって三年が過ぎた。

ダンジョンの探索を始めて、仲間が続々と増えて行く。

本田実には人を惹きつける才能がある。代々経営者一族の血がそうさせるのか、実本人の気質なのかは分からないが、確かなカリスマ性を持っていた。

だが、惹かれて来る人間が誰しも良い人物とは限らない。中には、悪意を持って近付く人物もいる。その為、人を選定する必要があった。

そこで役に立ったのが呪詛のスキルだ。

別に呪詛を掛けて本音を確かめるとかそんな事はしていない、スキル【呪詛】を得た時副次効果で別の能力を得たのだ。

その能力とは人の罪の度合い、カルマ値とでも言おうか、それがなんとなく感じ取れるようになったのだ。

その感覚を信じて、仲間に加える物を厳選し加入させていく。

カルマ値から見れば断る人物を、一度だけ仲間からの推薦というのもあり加入させた事がある。

だが終始他のメンバーとの諍い(いさか)が絶えず、最後は仲間の資金を奪って逃亡した。

その事件があって以来、誰の推薦だろうが、実が直接面接して加入させるかどうか判断していくようにしている。

パーティメンバーも充実して、ダンジョン探索も順調に進んでおり、もう少しで地下三十階のボスに挑もうかというところまで来ていた。

ダンジョン地下三十階をクリア出来れば、その収入は一気に跳ね上がる。地下二十階まででも生活費を稼ぐには十分ではあるが、地下三十階以降は桁が違う。

一度の探索で、今の年収を稼ぎ出すのも不可能ではない。宝箱の発生確率も飛躍的に上がり、強力な装備も手に入りやすくなる。

一攫千金だって不可能ではなく、これからの人生の安泰が約束されるのだ。

メンバーの殆どが、脛に傷を持つ者で構成されているパーティでは、安定した生活、将来の不安からの解放は余りにも魅力的だった。


ダンジョン探索での実の役割はデバフである。

スキル【呪詛】の役割がこれに当たり、暴力が苦手な実からすれば正に適役だった。

実がモンスターの動きを封じている間に止めを刺す。

危ない場面では、時間制限つきの技だがモンスターの動きを遅くする事が出来る。呪詛はかなり強力なスキルであり、パーティに一人いるだけで数段は攻略が楽になるほどだった。

この三年間でメキメキと実力を伸ばした実は、地下二十階のボスモンスターを倒して【奏】というスキルを得た。

結果論ではあるが、このスキルを得なければ、実はまだ真っ当な探索者を続けられたかも知れない。

パーティメンバーの実力も十分。あとは装備を揃えれば、地下三十階のボスモンスターに挑めるというところまで来ていた。

本当なら節約して、装備を買う為の資金をプールするところだが、英気を養う為メンバー全員で居酒屋に来ていた。

メンバーの大半が酒好きで、同時にはしゃぐのが好きだった。そんな中で、ある大柄な仲間が「実さんの呪詛は凄いな!!」と大声で叫んでしまった。

ただの賞賛の声だったが、それは周囲の客も聞いており、悪意のある人物の耳にも入ってしまった。いや、悪意だけなら良かったが、悪魔のような男に聞かれてしまっていた。

「あの失礼ですが、貴方は呪術系スキルの保持者ですか?」

楽しく酒を飲んでいる席に、黒いスーツに身を包んだ謎の男が乱入して来た。

なんだか胡散臭い（うさんくさい）のが来たなと思い、追い返そうとするが、それよりも早く反応したメンバーによって妨害されてしまう。

「おうよ！　実さんの呪詛は最強だ！」

「おい！」

「おお、それは素晴らしい。是非、私も話に交ぜてはもらえないでしょうか？　ええもちろん、ここは私が奢（おご）らせて頂きますので、どうぞよろしくお願いします」

そう言って伸びてきた男の手を、実は取ってしまう。

友好の握手だと思ったのだ。カルマ値も感じなかったし、嫌な感じもしなかった。少なくとも、この場で何かされる事はなかったが、間違いなくここでこの男に目をつけられた。

違和感なく入り込んだ男を疑うべきだった。

この男も呪術系のスキル保持者だと、考えが至らなかった。いや、この時の実は自身の呪詛については研究していたが、他の呪術系スキルについてはからっきしだった。仮に知っていたとしても、

結果は変わらなかっただろう。

この一晩で実やパーティメンバーの能力は、全て男に知られてしまう。


次に男と会ったのは、それから一週間後だった。


「やあ実さん。仕事の話持って来ましたよ」

「仕事？　何の話だ？」

「やだな、前に言ってたじゃないですか、呪術系スキルにしか出来ない仕事があるなら回してくれって」

「そんな事は……言ったかな？……そうか、仕事か、分かった。少し待ってくれ、準備するから」

実はパーティメンバーに、他の仕事でダンジョンに行けなくなったと伝えると、着替えてそのまま出て行った。

メンバーの誰もが何を言ってるんだと止めようとしたが、何故か動く気にならなかったのだ。

男と合流した実は、仕事の内容を聞いて拒絶する。

渡された書類に記された内容が、特定の人間の命を奪う事だったからだ。

それでも、男は勧めて来る。報酬は三千万円だと、この標的は社会の敵だと、こいつには多くの人が不幸にされていると、実の力があれば多くの人を救えるなどと色々と言われたが、それでも人の命を奪うのは嫌だった。

過去に一度奪った事があるからと言って、命に対する重みを感じないなんて事はない。寧ろ探索者を始めて、仲間達の大切さを理解して、命の大切さを実感していた。

「……まだ掛かりが浅いな」

男の呟きは実の耳にも届いたが、内容を理解する事が出来なかった。

「では、こちらはどうでしょう？」

頑なに拒絶する実の態度に諦めたのか、今度はある人物を一日寝かせておくという簡単な物だった。報酬は八百万円と先程の仕事に比べて額は落ちるが、殺しをするよりマシだとこの仕事を受けた。

実は地下二十階のボスを倒してスキル【奏】を得た事で、呪詛のスキルの幅が格段に広がっていた。

呪詛のスキルは、念じて視界に入る者に術を飛ばすだけだったのだが、奏を使い発生させる音に呪詛を乗せられるようになっていた。

それは実自身が奏でた音ならば何でもよく、これで視界に入らない標的にも呪詛をかける事が可能になっていた。

標的が住んでいる家を教えてもらい、どこにいるのか特定すると、小石を投げて窓ガラスを鳴らす。

音に呪詛を乗せて明日一日、寝て過ごすように力を込めた。

たったこれだけで仕事は完了し、報酬もきっちり頂いた。

それから男は度々、実のもとを訪れ仕事を振って行く。

仕事内容もエスカレートしていき、間接的とはいえ人の死の片棒を担いでしまう事もあった。

もう辞めたいと男に伝えても、男はそれを許さない。

「今更、手を引ける訳ないじゃないですか。もう気付いてるかもしれませんが、実さんは私の術中にいますよ。足掻いても無駄です。逃がしませんよ」

ああ、そうだろうなと思った。

実自身も、人に対して呪詛を掛けた時の反応を見て、自分も掛けられていると気付いていた。

それと、呪詛を受けやすい人物とそうでない人物の違いを理解した。

「実さんが仰っていたカルマ値でしたっけ、良いですよねその呼び名。うちでも、カルマ値って呼ぶ人が増えましたよ。で、実さん自身、結構なカルマ値を持ってるのに気付いてました？　人を殺しただけじゃ得られないほどのカルマ値が、実さんに張り付いてたんですよね。本来なら呪術系スキルの保持者は耐性があるんですけど、実さんの場合、そのカルマ値のおかげで術を掛けるの簡単でしたよ」

ははは、と笑う男を見て、実の心は折れてしまった。

それからの仕事は最悪だった。

割り当てられる仕事に拒否権はなく、嫌だと拒んでも次の瞬間には死体が目の前にあった。操られて呪詛を使ったのだとしても、それは実のカルマ値になり、男の術は更に深く実を支配していった。

仕事をしながらもダンジョン探索は続ける。

日に日にやつれていく実を心配する仲間もいたが、大丈夫だと答えて無理にでも探索を続ける。

今は大事な時なのだ。

地下三十階のボスにも、もう少しで挑戦出来る。仲間に心配はかけられない。皆、頑張って来たんだ。世の中に爪弾きにされた奴らが集まって、必死に生きる術を手に入れたのだ。

探索者とは、長い時間続けられる職業ではない。年齢と共に限界を迎え、引退していくのが常だ。それまでに十分な金を貯めるか、就職に有利なスキルを得る必要がある。地下三十階を突破出来れば、その可能性はグンと上がる。ここでリーダーである実が足を引っ張る訳にはいかなかった。

仕事で得た金を加えて一段上の装備を用意して、ボスに挑む準備は完了した。

だが、地下三十階のボスに挑む前に終わりはやって来る。

地下三十階に向かう途中で、ユニークモンスターに遭遇したのである。

パーティメンバーの半数を失い撤退した。誰が悪いとかはない、ただ運が悪かった。ただそれだけの話だった。

それだけの話で、実達の夢は潰えた。

それからの実の収入は、男が持って来る仕事に依存する。

多くの戦力を失った仲間達は、地下二十階までと探索範囲を狭めて日銭を稼いでいる。メンバーの大半が地下三十階への挑戦を諦めて、無難に稼げる階を選んで探索するようになった。

実はその判断を責める事はせず、仕方ないと諦めて目を背けた。

男が持ってくる仕事を熟す度に、心が壊れていく。

どうせ断れないと、金の為だと言い訳をしても仕事を受ける度にストレスは蓄積していった。

苦しみを誤魔化す為に酒に手を伸ばし、朝から飲むようになった。よくない奴らから薬を買い誤魔化す事もあった。

それでも五年間、実は男の持って来る仕事を淡々と熟し続けた。

「実さんとは今回で終わりです。お疲れ様でした」

突然男に言われて、内容が頭に入って来なかった。

「術は解いておきますんで、あとはご自由にお過ごし下さい。ダンジョンに挑戦するのも楽しいと思いますよ。あっ、前に失敗してましたね。すいません」

はははっと笑って誤魔化す男の横で、実は自分に掛かっていた術が解かれるのを理解する。

理解して、男を摑み呪詛を掛けた。

「ふざけるな！　お前は殺してやる！　俺にこんな事やらせやがって！　殺してやる！　殺してやる！　殺してやる!!」

男の抵抗力を奪い、ひたすらに殴り続けた。

それでも男のヘラヘラした顔は変わらず、実は首を絞めて息の根を止めようと力を込める。

暫くすると、男の体から力が抜け動かなくなった。掛けた呪詛が強制的に解除され、力が実に戻って来る。これは相手が死んだ時に起こる現象だ。

実は男の亡骸を残して、その場を後にする。

男を殺した事で手に入れたのは、解放感や達成感ではなく、どうしようもない虚無感だけだった。


暫くの間、実は引き籠もる。

何もしたくなかったとかではない、冷静に考える時間が欲しかったのだ。これまでやって来た事は無駄ではない。無駄にはさせない為に、何が出来るのかを考えたかった。

実にとって、今一番大切なものは仲間だ。仲間達も実をリーダーと認めて慕い付いて来てくれる。ならば、仲間が危険な目に遭わずに暮らせる方法はないかと考え、一つの可能性にかける。いや、縋(すが)ると言った方が正しいだろう。

実は十一年ぶりに父に連絡を取った。

門前払いにされるかと思ったが、会ってくれるという。

久しぶりに会った父は、記憶の中の姿と比べて老けているが、それでもまだ現役であると活力に満ちていた。

実は出所してからの事を話し、これまでの事を改めて謝罪した。

そして願った。

仲間達をホント株式会社に就職させてくれないかと。

軽作業などの職を募集しているのは知っている。人員は足りていないはずだ。

ダンジョンに潜っている奴らなら、体力も十分にある。戦力としても申し分ないはずだ。

「お願いだ父さん、あいつらに安定した仕事をさせてやりたいんだ。会社で雇ってやってほしい、体力だってあるし優しい奴らなんだ。お願いします、あいつらをどうかお願いします」

頭を下げる実を見て、父が示したのは拒絶だった。

拒否ではなく拒絶だ。

父が元犯罪者に対して良い印象がないのは知っていた。そもそも、良い印象を持つ者自体いないだろうが、それでも必死に頑張る仲間達を否定されて、頭に血が上った実は、使ってはならない手を使った。

呪詛を使い、父を操ったのだ。

父を操り、仲間達を会社に入社させる。

当初の目的はそれだけだったのだが、会長である伯父(おじ)が病を患っていると聞いて欲を出してしまった。

自分も社会復帰出来るのではないかと、しかも社長という社会的地位を得てだ。

仲間を思うかつての実ならば、そんな判断はしなかったかも知れない。だが、男に指示された五年間は、実の考えを変えさせた。

やるからには徹底的に、手を緩めれば失敗する。

実の行動は早かった。

父を操り会長である伯父に近付くと、呪詛を掛けて病の進行を早めた。会長が倒れたのを見計らい、実が次期社長に就くと父に宣言させる。

反対意見が出るのは分かっていた。最初から無謀な計画なのだ。それでも、実には呪詛というスキルがあり夢を叶えるだけの実行力と覚悟があった。

反対する勢力をマークして脅していく。従姉妹の愛にも脅しは掛けたが、趣味で探索者をしているだけあり、腕っ節が強く上手くいかなかった。

仕方なく、暫くのあいだ入院してもらおうとダンジョンでトラップを張る。

愛と共に潜る仲間を買収して、目的地まで誘導させると呪詛を使い愛のみを眠らせる。倒れた愛に目配せすると、仲間の二人は愛を置いて去って行った。

買収したとはいえ薄情だなと思う。

倒れた愛に大怪我を負わせる為に立ち上がると、一匹のロックワームが愛の頭を丸齧りにした。

幸い、頭部は無骨なヘルメットで守られているから大丈夫なはずだ。

流石に従姉妹の命まで奪うのは気が引けた実は、急いで助けようとする。だがそこに、一人の太った探索者が現れてタイミングを逃してしまう。出来れば誰にも見られずに事を済ませたい実は、再び姿を隠した。

太った探索者は見事な太刀筋でロックワームを倒すと、愛を助け出し、治癒魔法を掛けて治療を開始した。

治癒魔法。噂には聞いていたが、実際に見るのは初めてだった。

あの時、あの力があれば……。

ユニークモンスターと遭遇した時の事を思い出して唇を噛む。治癒魔法があれば、きっと多くの仲間を救えたはずだと必要のない夢想をしてしまう。

実は、ここで愛を再起不能にするのは騒ぎが大きくなりそうだと判断して、その場を離れた。

チャンスはまだある、焦る必要はないと自分に言い聞かせて、嫌な予感から顔を背けた。

「――ガハッ!?」

愛をトラップに掛けようとした日から三日後の昼、強い衝撃が心臓を貫き吐血した。

何が起こったのか分からなかった。だが、一拍遅れて戻って来た力が、それを知らせてくれる。

会長である伯父に放っていた術が破られたのだ。

呪術系スキルは万能ではない。

モンスター相手なら無類の強さを発揮するスキルではあるが、人相手となると対象が纏うカルマ値に依存する。

対象のカルマ値が高ければ、それほどリスクを負わずに術を掛けられるのだが、そうでない場合は自らの一部を呪いの担保として預けなければならない。

今回、伯父に呪詛を掛ける際に渡した担保は、心臓と血液。

成功すれば何事もなく戻って来るのだが、呪いを返されたり破られたりすれば、その反動は計り知れなかった。

しかも、今回は破られた。追加のダメージを負う事になってしまった。実の心臓は傷付き、血液の量が死ぬ寸前まで減少した。急いでポーションを飲んだので命を繋ぎ止めたが、かなり危なかった。

「はぁはぁはぁはぁっ!!」

自分の荒い息が耳障りで、不快な音を消そうと辺りにある物に当たり散らして破壊する。すると、大きな音に驚いた仲間が様子を見に来る。

「おい実、何があったんだ?」

破壊された家具と血を吐いた跡を見て、仲間達は実を心配する。

実はもう一本ポーションを飲むと、仲間に向かって頼みがあると言って頭を下げた。

もう一人では、どうにも出来そうになかった。だから仲間を頼るしかなかった。

「お願いだ、助けてほしい」

これまでの経緯を説明する。生活の安定を手に入れる為に、呪詛を使って父を操り、伯父に術を施したが失敗して、呪いを破られた旨を全て話した。

最初、仲間達は何も喋らず黙ったままだった。何から聞けばいいのか分からないのだろう。

やがて、一人が口を開く。

「……なんでそんな事やってんだ。俺達は真っ当に生きる為に、これまでやって来たんじゃないのか!?」

　拳が震え、怒りや悲しみや悔しさが言葉の端々から滲(にじ)み出てくる。

「ダンジョン探索はいつまでも続けられるものじゃない。どこかで別の道に行かなければ、俺達はまた元の道に戻る。それが嫌だったんだ」

「それでも、あんたの肉親だろうが！　どうしてそんな事が出来るんだよ？」

「俺にとっての優先順位が、親よりもお前達だったからだ」

「……クソッ……俺達は何をしたら良い？」

　悔しそうにする仲間達を見て、すまないと謝罪し、やってもらいたい事を伝える。

　先ずは、呪術系スキル専用のアイテムである蠱毒(こどく)の香を、明日、地下十三階に行って発動してほしいとお願いをする。

　呪詛は破られたが、呪詛を破った者に残滓(ざんし)を張り付けるのには成功していた。その者の正確な位置は分からないが、ダンジョンの地下十三階に潜ると、強い念が伝わって来たのだ。


　次の日、ダンジョンに向かう仲間を見送り、成功を祈った。

　蠱毒の香は標的となる者が近くを通ると反応して、甘い香りを放ち始める。そしてモンスターを引きよせる効果があった。

　ただし、特定の対象を襲わせるように仕向ける為、モンスターの思考能力を低下させてしまい動きに精悍(せいかん)さが無くなってしまう。それでも数が数なので、対象となった者を高確率で葬る事が出来る。

過去に何度か試した事があり、自信もあった。

そして、今回の標的は実の呪詛の残滓だ。狙いも付けやすく確実に葬れる自信があった。

だが、また失敗した。

血を吐きのたうち回る実を見て、仲間達は何も出来なかった。

まさか、失敗するとは思わなかった。恐ろしいほどの数のモンスターだったはずだ。

逃げたのか？

どちらにしても、もう直接手を下すしかなかった。対象に付いた実の残滓は、対象から外れモンスターを放った場所に留まり続けている。

残った残滓に触れれば対象の詳細が分かるはずだが、今の実には一人でそこまで行く体力が残されていなかった。

だから助かるはずだった仲間を引き連れ、ダンジョンに向かう。

ここで引き返しておけば、その対象がこの件に関わる気がないと知れたのなら、実の判断も違っていただろう。

実が諦めて引いていれば、少なくとも仲間達は助かったのだが、それもタラレバの話でしかない。

既に賽(さい)は投げられていた。

ダンジョン地下十三階に向かう途中で、太った探索者に絡まれる。どこかで見たような気がしたが、五月蠅くて早くどこかに行ってほしかった。

目的地のフロアに到着すると、留まっていた残滓に触れて情報を読み取る。

写真のように静止した映像が頭の中に流れ込み、そこには先程出会った太った探索者の姿が映っていた。

昨日のモンスターの大群からどう逃げたのかまでは分からなかったが、武器は大剣でスキルは治癒魔法だという事は判明した。

「治癒魔法……愛を助けた奴か。あの時、愛はスカウトしたのだろう。クソ、リスクを気にせず殺っていればよかった！」

悪態を吐き後悔するが、今更どうする事も出来ない。

そして奴がフロアに現れる。探索者とは思えないほど太っている。体を激しく動かす探索者が太っているのは、本来ならあり得ない。

だから簡単に倒せると思っていた。

スキルは治癒魔法と戦闘向きではなく、あの体型ならば動きも悪いと思っていた。それに、地下十三階程度を探索している者ならば、敵ではないと見下していた。

「殺せ」と叫び仲間達をけしかける。確実にやる為に、全力で殺しに掛かる。

だが、そこには化け物がいた。

かつて戦ったユニークモンスターよりも遥かに強い化け物だ。短い時間に次々と戦闘不能にされる仲間達。実自身も呪詛で動きを止めようとするが、奴が治癒魔法を自身に掛けると同時に返されてしまう。

実はその衝撃で気を失ってしまった。

まだ、仲間が戦っているのに……実は何も出来なかった。


目を覚ますと、そこには傷だらけの仲間達。

装備は無くなっており、アイテムもポーションを残して全て無くなっていた。

仲間に聞くと、あの太った探索者が全て持って行ったらしい。ポーションは慈悲なんだそうだ。

「すまない、全部話してしまった」

今回の件を画策したのが実だとかその理由とか、実のスキルが何かという事まで全て話してしまったそうだ。

別に知られても問題なかった。ただ、仲間達が無事で良かったと安心した。

「構わない、取り敢えず生きているならまだ何とかなる」

手や足を切り離された者もいるが、ポーションを使えば十分に繋げる事が出来る。他に受けた傷も、十分にポーションで回復可能だ。

太った探索者がホント株式会社に興味が無いと知って、自分の行動が無駄だったと脱力した。それでも、まだやり直せるのだと安堵した。

「……ああ、それでなんだが、今回の件もう諦めないか？」

その言葉は最初にパーティに誘った仲間からのものだった。ホームレスをやっていた頃に比べて、精悍な顔付きになり、逞しい肉体を手に入れている。実の最も信頼出来る仲間の一人だ。

「……そうだな、もうやめようか」

そんな仲間からの提案を了承する。

実も感じていた。ここが引き際だと、これ以上続けては助からないと実感していた。

だが、その決断は余りにも遅過ぎた。


「いやー、盛大にやられちゃいましたね」

「……お前は」

「お久しぶりです実さん。あれ、もしかして先日ぶりだったりします？」

戦いが終わりフロアに入って来たのは、ダンジョンには不釣り合いの黒いスーツに身を包み髪をオールバックにした男だった。

「どうして……」

「はい？　どうして生きてるかですって？　それはもう、実さんの顔を見る為に決まってるじゃないですかー」

「ふざけるな！　お前は死んだはずだ！　あの時、確かに俺の手でっ！」

「どうでしょう？　それ、本当に私でした？　人違いかもしれませんよ？」

「何を言っている！　あの時、車の中で首を絞めて殺したはずだ！　首を絞めて……しめて……」

頭にノイズが走る。何か認識が間違っているような気がする。

なんだ。

何故だ、あの日、誰かと、別の約束を、したような記憶がある。

「そういえば、先日、暴行を受けたあと首を絞められて亡くなった女性がいましたね。確か名前は××××だったと思いますが。おや、実さん何を驚いているんです？　もしかしてお知り合いでした？」

あの日、誰と会っていた？　この男と最後に会った日はいつだ？　母親が死んだのか？　そうだ、この前、母から会おうと連絡が来たんだ。

その約束した日は確か……。


みのる、ごめんなさい。


「あああーーーー！？！？」

記憶が甦る。久しぶりの母からの連絡、母の病気の事や、顔も知らない弟の話、そして実を傷付けた事への謝罪の言葉。その全てを思い出した。

「おやおやどうしました？　何かありましたか？」

「お前が！　お前がーー！！！」

「そんな、やめてくださいよ。私は何もやってませんからね、実さんと会ったのは二ヶ月前が最後ですし。ほら、皆さんも話についていけてないですよ？」

動かない体を必死に動かして、少しでも男に近付こうと足掻く。

呪詛返しにより、既に深刻なダメージを受けている実にとって、動く事で全身に針が突き刺さるような痛みが走っていた。それでも、男への恨みは深く、痛みを凌駕（りょうが）するほどに憎しみを募らせていた。

それでも、次の男の言葉に動きを止めてしまう。

「ダメですよ実さん。貴方の寿命はあと少しなんですから、無理に動くと死因が変わっちゃいますよ？」

「……どういう意味だ？」

「おや、分かりませんでした？　実さんの寿命はあと数時間で終わりを迎えます。あくまで私の経験からの話なのですが、多少誤差があっても気にしないで下さい」

この言葉には、流石に傍観していた仲間達も口を挟んだ。

「おい！　実に何言ってんだ！　こいつが、そんな簡単に死ぬ訳ないだろうが」

「あんま舐めた事言ってんじゃねーぞ！　クソ野郎が！」

仲間の反応に困った顔をする黒い男は、説明するのは面倒なんですけどねーと前置きして続きを話し始めた。

「いいえ、簡単な事ではありませんよ。私との仕事でカルマ値が蓄積した結果、寿命が大幅に縮んだんです」

「どういう事だ？」

「実さんは呪詛がどういった力かご存じだと思うんですけど、その代償が何か知ってます？」

「……一部を担保にする」

「違います。それは対象にカルマ値が足りなかった場合に必要になる物です。そもそも、スキルはモンスターに使う為にダンジョンから与えられた力に過ぎません。その力をモンスター以外に使うのなら、それなりの代償を払うのは当たり前でしょう？」

「そんな……まさか……」

「ええ、実さんが私の依頼で使った術の数々は、その結果如何で実さんの寿命を削って行ったのです。ああ、安心して下さい。このような制限があるのは、呪術系のスキルだけのようです。もしかしたら、他にもあるかも知れませんが、少なくとも私は知りません」

「お前……知っていたらなんで？」

「それが、私の仕事で趣味だからです。実さん、今までお世話になりました」

そう言って男は深々と礼をする。

そんな説明で納得出来るはずもなく、実は最後の力を振り絞って呪詛を発動する。

「やめなさい実さん。もう貴方は保ちませんよ」

「……五月蠅い、お前も道連れだ！」

「まったく分からない人だ」

実から黒い霧が噴き出し、男を呪い殺さんと向かって行く。

男は楽しそうに笑うと内ポケットから小瓶を取り出す。そして、黒い霧に向けて投げた。

小瓶は黒い霧に当たる直前に弾け、中からモンスターが現れる。現れたのはオークと呼ばれる二足歩行の豚のモンスター。ダンジョン地下二十一階から出現するモンスターで、ここで出現するようなモンスターではない。

黒い霧は現れたオークに纏わりつきその体を蝕み、数秒で骨だけに変えてしまう。

「おー怖い。まあ、仕方ないですね。可能なら見逃したかったんですが、これ以上の危害は許容出来ませんし、仕方ない仕方ない」

男は指の数の小瓶を取り出すと、中に収められているモンスターを解放する。

モンスターは地下十三階で出現するゴブリンやロックウルフにロックワームだったが、その力は呪いにより増幅されており、同種よりも数段強くなっていた。

「行け」

男の指示でモンスター達は動き出す。

「やめろ、やめろ！　やめてくれー!!」

「くそ！　スキルを使え！　魔法使いは何してる!?」

「ダメだスキルが使えない！」

「動ける奴は逃げろ！　さっきの奴を呼んで来い、そう遠くに行ってないはずだ！」

モンスターが襲うのは実だけではない、その仲間達も始末する対象になっていた。

「やめろ！　目的は俺だろう！　コイツらは関係ないはずだ!?」

「そうだったんですけどね。貴方が死んだら恨まれそうなので、ついでです」

「ついで？　ふざけてんのか？」

「いえ、大真面目ですよ。ほら、歩いてると背後から刺されちゃいそうじゃないですか。自己防衛の一環です」

「イカレ野郎が!?」

再び呪詛を使おうとする実だが、何故かスキルが発動しない。

何度試しても呪詛が発動しない。

焦る実を尻目に、男は実の近くに来ていた。

顔面を蹴り上げられ歯が何本も飛んでいく。

「あーすいません。私は別におかしくなってないんですよ。ただ、そうですね、自分を守る為の最善の手を打ってるに過ぎないんです。リスク回避ってやつです。私は貴方達みたいに堕ちたくはないですからね。って、もう聞こえていませんね」

男が何か言っていたが、理解出来なかった。

蹴られた拍子に首の骨が折れて、あらぬ方向に曲がっていた。

「では最後にお礼を。実さん、貴方の足掻く姿はとても美しく見ていて飽きませんでした。貴方は最高に私を楽しませてくれました。本当にありがとうございます」

男が頭を下げている姿が見える。殺しても殺し足りないくらい憎い男が近くにいる。手を伸ばせば届くのに、もう体が動かない。

去って行く男の姿、それと同時に悍ましい何かが近付くのが分かった。

醜い顔をしたゴブリン。

折れた首を持ち上げられ、無数の牙が並ぶ口の中に運ばれる。

〝父さんは許してくれるかな？〟

それが、最後に浮かんだ実の思いだった。

【名前】本田 実（36）
【レベル】18
【スキル】呪詛 奏

閑話の閑話　ハルト、趣味を考える

mushoku ha kyou mo kyou tote meikyu ni moguru

久しぶりに銀行に行き、通帳に記帳してきた。

いつもならスマホで口座を確認して終わりなのだが、今回は大金が入ったというのもあり、形に残しておこうと足を運んだのだ。

ＡＴＭに通帳を突っ込み戻って来たのを見ると、バッチリ二千万円の文字が記載されていた。

分かってはいたが、思わずテンションが爆上がりして踊り出してしまい、他のお客さんに迷惑を掛けてしまった。ほんと申し訳ない。

「はい、すいませんでした。もう勝手に踊りません」と警備員に謝罪して帰って来た次第である。

「ぐふふ、やべーなおい、こんなにあったら働かなくて良いやん」

通帳を眺めてはニヤニヤしてしまう。こんな顔で外を歩けば、大金を持っているのがバレて狙われるかも知れない。それはやばいな、もう少し気持ちを落ち着かせて、いつものイケメンに戻さないと。

意識をして鏡を見る。

そこには醜いブタっぽい何かがいた。

なんだか不快だったので、鏡に拳を打ち込んでおく。

「もっと良い鏡買わないとなー、やっぱ安物は映りが悪いからダメだわー」

金はあるんだし、オーダーメイドで鏡を注文しても良いかも知れない。そうしようそうしようと決意して、割れたガラス片を回収する。

部屋に戻ると、何故か通帳を手に取ってしまい、またニヤけてしまう。いかんいかんと思うのだが、どうしても直らない。そして、何気にページを捲(めく)って俺のニヤけ顔は直ってしまう。

「……マイナスじゃねーか」

その原因は通帳の悲惨さにある。退職時には数十万あった額が、もの凄い勢いで減っているのだ。

これはどういう事だろう？　俺は働いていたはずだ。ダンジョンで、探索者として、モンスターの素材を採取して収入を得ていたはずなのだ。それが、それが……。

「……探索者、辞めよう」

自然とその結論に行き着いてしまう。だってそうだろう？　最近の収支はプラスになっているとは言え、かなりのマイナスを食らっているのだ。これなら、二千万オーバーの金がある内に辞めるべきだ。そうだ、そうしよう。

俺は再び通帳を捲り、眺めの良いページに戻してニヤける。

今日は、この通帳を肴にビールを飲もう。きっと三缶は軽くいけるはずだ。そうと決まったら、早速コンビニに買い出しに行こう。外は暑くて嫌になるが、懐は暖かくて心地良い。足取りも軽く、このまま飛んでしまいそうだ。

大通りに差し掛かると思わずステップを踏んでしまい、驚いたトラックが事故りそうになっていた。その運ちゃんから「危ねーだろうが馬鹿野郎！」と怒られるが、まったくの言い掛かりである。まっ、今の俺は軽く許してやるけどね。

「あっしゃーせー」と相変わらずやる気の無いコンビニ店員の挨拶を聞き、カゴに商品を入れて行く。その際、本棚に目をやると『最高の趣味』なる本が置かれていた。

「趣味か……」

よく考えると、俺に趣味と呼べるものは無い。学生時代はゲームをしていたが、会社の激務のせいでやめてしまったのだ。今更やり始める気にもならず、ゲーム機は埃を被った状態で放置されている。

この際だから、新しい趣味を見つけるのも良いかも知れない。

アパートに帰ると、早速『趣味』『オススメ』の単語を打ち込みネットの海に検索をかける。すると数多くの趣味が表示されて、思ったより多いなとの感想を持つ。

アウトドアや運動系から始まり、ゲームや読書などのインドア系のもの、創作系のものと様々だ。その中には、経験したものもあり俺に合うだろうかと考えてみる。

最初はボルダリングだ。小学生の時に家族で体験した覚えがあるが、手を滑らせて落ちてしまい、受け身を取れずに怪我をした苦い思い出がある。だから却下だ。

次はゴルフだ。社会人になり先輩の勧めで始めたのだが、初めてコースに出た時にやらかして恥ずかしい思いをした。具体的にいうと、一打目で「行きます」とキメ顔で宣言して、盛大に空振ったのである。その様子がスマホで撮影されており、ＳＮＳで拡散されてしまった。他には、グリーンに向けて打ったはずなのに、近くの岩に当たって跳ね返り、元の位置より遠くなるというミラクルを起こしたのだ。そんな理由でゴルフも却下だ。

次は釣りだ。釣りは楽しいと思えなかったので、却下。あの釣れるまでの、のんびりとした時間が耐えられない。

他にも映画や音楽、フィギュアやカードゲームに麻雀(マージャン)なども考えるが、どうにもしっくりこない。スポーツ系も、どうせ体を動かすなら、稼げる事がしたいと思ってしまい、却下してしまう。なら、何が良いんだよという話になるので、俺の望みを書き出してみる。

この体を元に戻す為運動は必須だ。時間は、今は無職なので気にしなくていい。可能なら稼げる方が良い。どうせ何かをするのなら、お金が発生した方がやる気が出る。

そこまで考えて、一つの結論に至る。

「……ダンジョンしかないやん」

どうやら俺は、探索者を続けた方が良いらしい。

閑話　本田愛

mushoku ha kyou mo kyou tote meikyu ni moguru

ホント株式会社の社長であり、愛の叔父に当たる人物が倒れたと知らせがあったのは、会長であり父である本田源一郎(げんいちろう)と対策を検討している時だった。

「社長が倒れた？」

「はい、会議が終わり戻っている途中に突然……」

「誰かに何かされた訳ではないのね？」

「？　はい、何かされたような様子はありませんでした」

「そう……ありがとう、分かったわ。病院はどこ？」

知らせに来た秘書に尋ねると、近くの総合病院だと答えた。それを聞いて、腰を浮かせた愛を源一郎が制止する。

「まあ待て、今は無闇に動くべきではない。先日襲われたばかりだろう」

「ですが、そこに実がいる可能性があります。行ってどういうつもりか問いただすべきです」

社長がおかしくなった日の事を思い出す。

あの日、社長は「久しぶりに息子と会うんだ」と言って会社を出たのだ。それから様子がおかしくなり、会長が倒れると同時に「私が会長に就く、新しい社長は息子の実を指名しよう」などと、訳の分からない事を言い出したのだ。

社長は実直な人物で、曲がった事を何よりも憎む人物だ。そんな人物が、実の息子とはいえ、前科持ちの者を自分の後継に指名するはずがなかった。

実が何かしたのは明らかだ。

だからこそ、どうしてこんな事をしたのか聞かなければならなかった。

「儂が行く。たとえ襲われようとも、儂なら蹴散らせるからな」

ニカッと笑い、服の上からでも分かる筋骨隆々な肉体を見せ付ける。

「……お父さんだって病み上がりでしょ。無茶しないでよ」

その顔はホント株式会社の副社長のものではなく、父を心配する娘のものだった。

病に侵され、いつ死んでもおかしくない状態から、奇跡的に回復したのだ。担当医からは信じられないと驚かれ、何度も精密検査を受けるハメになってしまった。

医師には彼の話はしていない。

彼の、田中ハルトの能力は異常だ。規格外と言っても良い。

ハルトの事を話さなかったのは、彼を守る為でもある。

治癒魔法は魔法スキルの中でも特別視されている。取得している人数が少ない上、その能力の有用性から様々なところからスカウトが来て引き抜いていくのだ。そのせいで、ダンジョンに潜る者が少なくなり見掛けなくなっていた。

そんな特別視される治癒魔法だが、その効果は人により異なる。擦り傷を治療するだけだったり、失った部位を再生させたりと幅が広い能力だ。

その中でも病に効く治癒魔法は希少で、多くの者が欲している能力でもあった。

ハルトはその力を持っている。それも末期の患者を回復させるほどの出鱈目な力だ。

それが知られたら、間違いなくハルトは狙われる。

本人の意思に関係なく連れ去られ、本人の望まぬ形で永遠に治癒魔法を使い続けるだけの存在となるだろう。

それをハルトは望まないだろうと、愛と源一郎は思っている。本人が聞けば、衣食住が保証された上、給金を頂けるなら喜んで飛び付くなんて欠片も思っていなかったのだ。

だから、お金の振り込みも慎重に行い、別企業から送金されたように隠蔽した。

既に源一郎が復帰したのは噂になっており、一部では治癒魔法の存在を疑う者までいた。慎重に慎重を期すのは当然だろう。

「病み上がりだろうと、儂に敵う者はそうおらん。それにの、儂の存在を知らしめる必要がある」

本田源一郎は、ホント株式会社を立て直しそれなりの企業に育てた功労者だが、その前は探索者として大いに活躍していた。

その戦い方から『怪力無双』という異名を持ち、持ち前の力で全てを薙ぎ倒して来た脳筋として恐れられる存在だった。

そんな脳筋が、老害の如きしぶとさで復活した姿を、大衆に、ひいては良からぬ事を考えている連中に見せてやる必要があったのだ。

「それに、実を止めてやらんとのう」

本田実は道を外れた。

それを社長は許さず、事が事だけに愛も源一郎も仕方ないと思っていた。それでも、まだ別のやり方があったのではないかと考えてしまう。

今更過ぎた、遅過ぎる後悔。これ以上悔やまない為にも源一郎は動いたのだ。

「では行ってくる」

「気をつけて」

執務室から出て行った源一郎を見送ると、秘書に用事を頼んで愛は椅子に座る。はあと小さな溜息を吐いて、ここ最近の出来事を思い出していた。

怒濤のように色々な事が起こり、一時は命を危険にさらされた。ダンジョンで置き去りにされた手引きを、実がやったとは考えたくないが、状況からしてそうだとしか考えられなかった。

当の実と話をしようにも、所在が分からず連絡先も社長が知っているだけで、それ以上の事が分からなかったのだ。

ふうと息を吐きだすと、実という従兄弟を思い出す。実の両親が離婚して、叔父が仕事をしている間は愛の家で預かっていた。しかし実は、家で遊ぶのではなく教科書を開いて勉強しているおとなしく真面目な子だった。今考えると、勉強という行為で他人との接触を避けていたのかも知れない。

それからも交流は続くが、当たり障りのない会話はしても踏み込んだ話をした記憶はなかった。

愛自身も無理に聞き出そうとしなかったのもあるが、良くも悪くもただの親戚程度の認識しかなかったのである。

従兄弟だというのに曖昧な人物像しか思い出せない。それで、実の何が分かるのだと自嘲する。

思考を切り替えて、これからどうするか打開策を考えようと頭を捻る。幾つか案を思い付いたが、そのどれもが暴力的な行いだった。

頭を振り、一度考えをリセットする。

そして、もう一度考えようとすると内線が鳴った。

「……警察から？」


ひんやりとした空気が頬を撫でる。

夏の暑さを誤魔化す為に冷房を強く稼働させているが、この場所は別の意味で冷たく、そして悲しい印象を受ける場所だった。

遺体安置所。警察から連絡が入り、向かった先がここだった。

「ご確認をお願いします」

顔伏せの白い布が外される。

そこから現れたのは初老の女性の顔。ただし、顔の半分が青く変色して潰れており、首には強い力で圧迫された跡があった。

強い恨みを感じる。

青く変色した場所には、何度も何度も強い力で殴打された痕跡があり、こんな残虐な行為は余程の恨みがなければ出来ないだろう。

「……恐らく、としか言えませんが、×××さんで間違いないと思います」

愛は、この女性の顔をはっきりとは覚えていない。

最後に会ったのは、まだ小学生の頃であり、年を重ねて顔が変わり記憶が薄れるには十分な時間が過ぎている。それでも薄らとだが、気立ての良いこの女性の姿と、それに寄り添う叔父と実の姿は記憶の中にあった。

「誰がこんな……」

持ったハンカチを強く握り締めて、この行いを非難する。彼女が過去にどのような過ちを犯したか聞いている。だが、ここまでされるような行いを彼女がしたとは思えなかった。

静かに怒る愛に、様子を窺っていた者が話し掛ける。

「本田愛さんですね、少しお時間よろしいでしょうか?」

疲れた様子の刑事が、愛想笑いを浮かべていた。

「その話は、本当なのでしょうか?」

「ええ、近くの防犯カメラに本田実らしき人物が映っていました。彼は本件の重要参考人なんです」

頭を掻いて言う刑事。実が犯人だという確信を持っているのか、その眼光は鋭かった。映像以外にも、それだけの証拠があるのだろう。

「そこでお尋ねしたいんですが、本田実の所在はご存じないですか？　我々も捜しているのですが、一向に捕まらなくて困ってるんですよ」

「警察でも、ですか？」

「我々でもです。というと、貴女も捜してるんですか？」

「はい。私に声を掛けたのは、実からの接触を期待して？」

「そうです。当てが外れましたがね」

また振り出しだと舌打ちをする刑事は、何かあれば連絡を下さいと言って去って行った。

実が犯人。母親を殺した犯人。本当にそうなのだろうかと、どうしても腑に落ちない。仮にそうだとして、一体どんな理由で凶行に及んだというのだろうか。

答えの見つからない思考に陥りそうになった時、スマホの着信音で正気に戻る。

バッグからスマホを取り出し画面を見ると、公衆電話からの着信だった。

「お父さん……」

源一郎はアナログ人間だった。スマホを使い熟せず、未だに連絡する時は公衆電話を使用していた。

いい加減覚えてほしいのだが、本人に覚える気がないのでどうしようもない。

はいと出ると、やはり源一郎の声が聞こえてくる。話の内容は直ぐに病院に来いというもので、どうやら社長は目覚めており、これまでの態度が嘘のように元の社長に戻っているという。

「どこまで覚えていますか？」

社長が入院している総合病院に到着すると、早速質問を始める。

「……実と会って、何かを断ったのは覚えている。だがそこからの記憶が無い。私は、一体何をやったんだ？」

ベッドの上で青ざめた顔をしており、何かとんでもない事をしたのではないかと心配しているのだろう。

「社長が実を後継者に指名しました」

「馬鹿な!? 私があいつを支持するはずがない！ そもそも、社外の人間だぞ!?」

「ええ、ですから私達は何度も社長と話し合いを行い、説得を繰り返していました。その記憶も……」

「すまない、覚えていない」

頭を抱える社長を見て、愛は源一郎に目配せする。すると源一郎は一度頷き、続きを話すように告げる。

「この一連の騒動で起こった事を説明します」

そう告げると、社長は頭を上げて話を聞く姿勢に入る。何があったのか知らなければ、その後の行動も取れないと理解しているのだ。

淡々と説明する愛の言葉は平坦（へいたん）で、ただ事実のみを告げた。

会長が倒れた事に始まり、社長が実を後継者に指名して、愛の命が狙われた事。前科者の大量採用や社員の買収、もしくは脅して従わせせようとした事を説明した。

「そんな、そこまでの事を……」

「……もう一つ、告げなければならない事があります」

社長の前妻が暴行を受けて亡くなったのと、その犯人が実だというのを簡潔に伝えた。

「それと、これを」

それは前妻に関する資料だった。資料と言っても簡単なもので、今の家族構成からどこに住んでいたのかというものだった。

「……子供がいるのか」

「ええ、大学生らしいのですが、×××さんの遺体の引き取りを拒否しているらしく、社の方に連絡がありました」

荷物の中にホント株式会社の物があったらしく、調べると社長との繋がりが判明したようで連絡して来たのだ。

本当ならあそこには社長が行くべきだったが、倒れた以上、愛が行く必要があった。

「少し、考えさせてくれ」

色々な事を聞かされて、頭を整理したいのだろう。それを察した二人は病室から出る。

扉を開くと西陽が差しており、世界をオレンジ色に染めていた。いつも見る光景のはずなのに、何かの終わりを告げているようで一抹の寂しさを感じた。

次の日、実が見つかったと連絡が入る。

正確には、実とその仲間達の遺品が探索者協会に届けられたというものだった。

それと同時に、どれだけ調べても分からなかった実達が拠点にしていた場所も見つかり、まるで何かに隠されていたかのようで、薄寒いものを感じた。

「兄さんすまない、私は引退する」

実達が使っていた拠点に赴き、探索者協会で実の遺品を受け取り、会社に戻って来た社長は、源一郎に向かって頭を下げた。

「……そうか」

何となく察していた源一郎は短く告げると、これまでありがとうと感謝の言葉を贈る。

連続して起こる不幸に心が擦り切れてしまい、もう無理だと悲鳴を上げたのだろう。突き放したとはいえ、一人息子を亡くしたのだ。その痛みを源一郎はよく知っていた。

「愛くんもすまない、急な引き継ぎになるが後を頼みたい」

一気にやつれた社長の言葉に、はいと短く返す。

望んだ形ではない。いずれ社長になり、この会社をもっと大きくするのだと考えていたが、こんな形で引き受けるのは本意ではなかった。

それでも、他に適正な人材が居ないのも確かだ。

愛は引き継ぎを受けて、次の社長への就任が決まった。

生命蜜と呪いと（エピローグ）

mushoku ha kyou mo kyou tote
meikyu ni moguru

「粗茶ですが」

朝早くから、何故か俺の住むアパートに愛さんが訪れている。本来なら、部屋に上げたくはなかったのだが、早朝というのもあり寝ぼけた状態で応対したので、玄関を開けてあっはいどうぞと上げてしまったのだ。

愛さんは、別にいけない大人の遊びをしに来たとかではなく、数日前にあった事件について聞きたいと訪れたのだ。

そんなの電話でして下さいよーとお願いするのだが、

「貴方、私を着信拒否してるでしょう」

と当然の指摘をされてしまった。

仕方ないだろう、もう関わりたくないのだから。愛さんを助けてからというもの、いや、ホント株式会社に面接に行ってから不快な思いをする事が多くなったのだ。

確かにお金が振り込まれたのはありがたいが、それは仕事の報酬であり、愛さん達から受ける印象は最悪なままである。

だから粗茶と言いながら水道水を出したのだ。早く帰ってくれないかなー。

「この度は、本田実の遺品を送り届けて頂きありがとうございました。これは、ほんの心付けではありますが」

差し出された封筒を頂き、中身を確認する。

ひーふーみーよーたくさん。

「お茶が冷めちゃったんで、入れ直して来ますね」

コップを受け取ると、中身を捨ててお高めのお茶を淹れた。


「改めて尋ねるんだけど、実の遺品を届けてくれたのはハルト君で間違いないわよね？」

「はい、そうですけど……ん？　俺、ギルドに名乗ってないですよね。何で分かったんですか？」

探索者協会におじさん達の遺品を届けたのだが、説明でボロが出るのが嫌だったので、俺は拾っただけなんでと言って去ったのだ。

遺品を届けると、場合によっては金一封貰えるそうなのだが、おじさん達の死の原因が原因なだけに、貰う気にはならなかった。つーか、バレたら警察に捕まるかも知れないので遠慮したのだ。

まあ、こうして愛さんに貰っているのだから、今更ではあるが。

「職員の人が教えてくれたのよ、太った探索者が届けてくれたって」

「そうですか……って、太った探索者だからって何で俺と結び付くんですか!?　他にも居るでしょうが！」

「居ないわよ」

「へっ？」

「太った探索者なんて、ハルト君以外に居ないのよ」

「んなアホな」

そんなはずはないと思うのだが、そういえば俺以外に太った探索者を見た覚えがない。

そこのところをどうしてだと愛さんに尋ねると、探索者は一流アスリート並みの身体能力を得る為、自然と体は絞られてくるらしい。それこそ太っているのは、新人の探索者くらいで、直近だと俺しか居ないそうだ。

それを聞いて、じゃあ俺もその内痩せるのかと安心する。

「まあ、それは良いとして、今日はどんな御用でしょう？」

「実の遺品を見つけた経緯を聞きたいの。前にも説明したと思うけど、ホント株式会社は身内で争ってた。その中心にいた人物が、突然こんな事になったから」

どうしようかと迷う。本当に拾っただけと嘘をつくのは簡単だが、どうにも腹の虫が治まらない。

結果として亡くなったとはいえ、襲われたのは事実だし、正当防衛を主張すれば許されるだろう。

そう結論に至ると、愛さんに事実を打ち明ける。もちろん装備を奪った部分は伏せてだが。

「ごめんなさい、私が巻き込んだせいで……」

「ええ、まったくです。いきなり見ず知らずのおっさん達に襲われたんすよ、横からモンスターが押し寄せて来なかったら、俺が死んでましたよ」

おかしい、真実を話していたつもりなのに、撃退したのではなく、何故か逃げて運良く助かったみたいなカッコわるい展開になってしまった。

まあ、経緯はどうあれ結果は変わらんから別に良いやろと話を進めたが、それで納得してくれるのなら、これ以上言う必要もないだろう。

「この謝罪は後日、別の機会にさせていただきます。ハルト君、本当にごめんなさい」

これはまたまた臨時ボーナスのチャンスですか？　お金の匂いが近付いて来て、飛び付きそうになる。だがどうにも、おじさん達の最後の姿を思い出してしまい手を伸ばし難い。

「必要ないです。どうしてもって言うなら貰いますけど。人が死んでるんで、貰い難いって言うか何と言うか、でも、そんなにくれるって言うなら貰いますけど……」

「じゃあ、また連絡するから着信拒否は解除してね」

断ったつもりだったが、どうしても謝礼がしたいと言うなら仕方ない。

分かりました解除しときますねと言って、スマホを操作する。

「それにしても、ハルト君、貴方……」

「何ですか？」

何故か呆れたように俺を見て来る愛さん。

「なんか若返ってない？　この前より、幼く見えるわよ」

「え？　何も変わってないと思いますけど、若く見えるんならありがたいっすわ」

「いいえ、若返ったっていうより、幼くなってるような……」

その後、少しの雑談をして愛さんが社長に就任すると聞いたので「おめっとーさんです」と軽く返しておいた。

こうして、良いのか悪いのか、ホント株式会社との縁が出来上がってしまった。

【名前】田中ハルト（24）
【レベル】13
【スキル】地属性魔法　トレース　治癒魔法　空間把握　頑丈　魔力操作　身体強化　毒耐性　収納空間　見切り
【装備】不屈の大剣　木の楯　鉄の胸当て　俊敏の腕輪
【状態】デブ（各能力増強）

第三章 ハーレムパーティとロックワームと

「クィーーー!?」

今日も喉越し幸せな女王蟻(あり)の蜜から始まる。

堪(たま)らなく美味(うま)い蜜だが、毎度、意識が飛びそうになるので叫ばないといけないのが難点でもある。

おかげで、隣の大学生から壁ドンされて五月蝿(うるさ)いと注意される始末だ。そろそろ抑える方法を考えないといけない。多分無理だとは思うが。

朝からポストに届いた郵便物を確認していると、先日、履歴書を送った会社からの結果が届いていた。

結果は、今後のご活躍をお祈りしておりますというやつだった。つまり落ちた。転職サイトの方もチェックするが、勧められているのはイマイチというより、ネットで調べるとブラックな企業ばかりだった。

これなら自分で選んだ方が良いなと思い、履歴書の作成に掛かった。午前中いっぱいを履歴書作成に費やして、ポストに投函(とうかん)する。

今回送った企業は、東証のプライム市場に上場している大企業だ。

この企業に入社出来れば、ホント株式会社など鼻で笑って忘れてやれる。愛(あい)さんが社長になろうと知った事ではない。

「社長か……」

この前は聞き流したが、何気に社長と知り合いというのは凄くないだろうか。そう思うのだが、あの企業だしなぁとどうにも良いように受け取れない。

まあ、謝礼を貰うまでならと割り切れば気にしなくてもいいかと思い直すと、その足でダンジョンに向かった。


ダンジョン地下十四階。

ここまでかなり急いで来たのだが、思ったよりも時間が掛かってしまっている。地下十階までと比べて、地下十一階以降はフィールドの面積が倍になっているのが原因だ。

基本的に日帰りでダンジョンを探索したいのだが、もう一階か二階進めば、泊まりがけで探索する必要が出てくるだろう。

ここらでやめるべきか、進むべきか迷うところではある。

収入を考えると進むべきだろうが、今は別にお金には困ってないので、それほど進む必要性を感じない。

そもそも地下十三階でロックウルフを狩れば、一匹でも平均三千円の収入を得る事が出来る。五、六匹狩ればバイトで稼ぐよりも余程高い収入を得る事が出来るのだ。

これ以上、進むメリットを感じないのは確かだ。

どうしようかと考えていると、横から飛び出して来たポイズンスライムを大剣で叩き落として核を潰す。

でろんと溶けて広がるスライム、その横に落ちている紫色のスライム玉を回収する。売値も一個三百円と、普通のスライムの三倍の値段になる。

地下十四階で新たに現れるモンスターは、ポイズンスライムである。殆ど普通のスライムと変わらないのだが、色が薄紫で毒を飛ばして来る。その上、毒を避けたからといって油断は出来ない。落ちた毒から上がる煙にも体に異常を起こす効果があるからだ。

多くのポイズンスライムを相手にするならば、毒対策は必ず行わなければ体中が毒に侵されて死ぬ事になる。

だから、この階以降を探索する探索者は、ガスマスクを装備している事が多い。

かく言う俺は、何も持っていない。毒耐性のスキルがあるのに、態々マスクを装備する必要がないからだ。

また、ポイズンスライムもただのスライムと変わらず、体内は酸になっており、下手に手を入れると焼かれてしまう。ちゃんと酸対策をした武器でなければ、止めを刺す度に劣化していき使い物にならなくなるだろう。

その点、この大剣はしっかりと対策されており、問題なくポイズンスライムを狩れるので気にする必要はない。流石はあの大人のゴブリンが使っていただけはある。

俺は特に気負いもせずに進んで行く。行き止まりに当たれば引き返し、別の道を進む。

それを繰り返しながら進み、歌でも歌おうかと思っていると、行き倒れた少女を見つけた。

どこかで見た子だな、他に仲間はいないのかな？　どうして一人なんだろう？

俺は少女の横を通り過ぎて、先を急ぐ。下手に関わると、また愛さんの時と同じように、面倒事を引き受けなければならないかも知れないからだ。これ以上はごめんだ。マジで。

いやだ嫌だと首を振りながら少女から離れていく。

きっと息はしていないに違いない。南無南無と手を合わせて成仏せえよと祈っておく。

すると、いつの間にか少女が背中にしがみ付いていた。

「キャー!?」

驚いて悲鳴を上げる。心臓が飛び出るかと思った。

少女を振り落とそうと体を揺するが、離す気がないのか首に腕を回しヘッドロックを掛けて来た。

「どうして素通りするんですか～？」

耳元で囁かれると、それがなお恐怖を増長させる。

「何だお前は!?　どうして振り解けない！　力が強いなおい!?　もしかして人間じゃないのか!?

はっ！　妖怪なのか妖怪!?　なんか用かい？……よし、殺すか」

冷静さを取り戻した俺は、大剣を握り直して背中にしがみ付いた妖怪を一閃せんと構える。

その様子に焦った少女の妖怪は、俺の背中から飛び降りて急いで離れた。

「む、斬りやすい位置に移動するとは殊勝だな」

せめて感じる痛みを最小限にしてやろうと、身体強化を使い全力で力を込める。

「待って待って!?　妖怪じゃないから！　人だから！」

少女の妖怪が手を振って焦ったように制止してくる。だが、俺は騙されない。

「妖怪とは古来より人を欺く存在だと決まっている。その胸についたけしからん物が何よりの証拠だ」

「これは元々ですぅ！　セクハラやめて下さい！」

「遺言はそれか、往生しろよ」

「待って！　謝るから！　驚かせたの謝るからやめて！」

少女の妖怪は、何度も頭を下げて謝罪の意思を伝えて来る。更に、武器を捨てて完全降伏の姿勢を見せた。

「……まあいいだろう、今回は見逃してやる。二度とするなよ」

しょんべん漏らすからな。

そう言って離れようとするが、少女がいつの間にか正面に回り込んでいた。

「何だ、まだ何か用かい？」

……やっぱり殺そうかな。

大剣に手をやり迷っていると、少女は両手を広げて大声でお願いして来た。

「お願いします、助けて下さい！」

「え、嫌だけど」

「そんな!?　事情も聞いてないのに!?」

事情を聞いたら、それこそ逃げられないだろうが。と、そこまでは言わないが、これ以上の面倒事はごめんだ。

さっさと退けと手で押しやろうとするが、その手を掴んで離さない。

俺の手を取った少女を見る。

ピンク色の髪を背中まで伸ばし、緑色のつぶらな瞳に少しふっくらとした頬、目元に涙を溜め庇護欲をそそる表情をしている。また胸部が発達しており、本当に学生かと問いたくなる大きさだ。

少女の姿を見ての感想は、何だろうこの地雷臭は、だ。

厄介事の臭いしかしない、関わるときっと良くない事が起こる。そんな気がするのだ。それに俺の守備範囲から外れた学生……学生？

「あっ、ハーレムの奴か」

そこで思い出した。この少女をどこかで見た記憶があると思ったのだが、男子一人に女子四人のハーレムパーティの一員だ。

こいつ、マジで地雷だったわ。

俺の呟きにクエッションマークを浮かべている少女だが、その正体が分かった以上、早急に離れたい。しかし、何を思ったのか少女は自分の境遇を喋りだした。

「私達、トラップに引っかかって！　バラバラに飛ばされたんですぅ！　助けて下さい‼」

この少女の名前は桃山悠美、高校三年の十七歳なのだそうだ。

朝からダンジョンに潜っていた一行は、運の良いことに宝箱を発見したらしい。

意気揚々と宝箱を開けたのだが、どうやら転移トラップだったらしく、アイテムを取った瞬間にトラップが発動したそうだ。

そして気が付くと一人であの場所にいたのだと。

どうして倒れていたのか、それは、助けてくれる優しい人がいれば、一緒に仲間を捜してくれると思ったんだそうだ。

他力本願だが、自分一人では地下十四階の探索は無理だと判断した結果らしい。まさか、初っ端から素通りされるとは思わなかったようだが。

「じゃあ、優しい奴が通るまで頑張れ」

「待って下さい！　よく考えたら、あんな所で倒れてたらモンスターに襲われちゃいますぅ！　どうか助けて下さいぃ！」

「あのな、助けてって言われても、こっちも足手まといを連れて歩けるほど余裕は無いんだ。見てみろよ、俺一人だろ？　お前達みたいにパーティ組んでないんだよ」

分かったかと問い掛けると、そうですかとシュンとして引き下がった。

分かってもらえて良かった。こいつを引き剝がす口実が出来て一安心だ。なんて思っていたからか、ロックウルフが三匹駆けて来るのが見えた。

なんて事のない、やり慣れたモンスターだ。

二匹同時に飛び掛かって来るのを横薙ぎに斬り裂き、下から向かって来るのを蹴りで怯ませると、大剣で突き串刺しにする。

「ふっ、楽勝だな」

どうやら地下十四階も余裕を持って探索出来そうだ。

俺は大剣を背負うと、また俺の手を握る桃山の方を見る。

「強いじゃないですかーーー!!」

絶叫する桃山は、助けて下さいよーと今度は頷くまで離さないという意思を感じる。

くそ、やっちまった。解放されたと思って安心してしまった。

俺は一度舌打ちすると、はあっと諦めた。無理に引き離してもしつこく付いて来そうだし、仮に何かすれば地上に戻ったら未成年への暴行容疑で逮捕待ったなしだ。そもそも、命を奪う選択肢は存在しない。あんなのは、この前のおじさん達だけで十分だ。

仕方なく、本当に仕方なくだが、付いて来るのは良いけど、仲間を捜したりはしないと言って許可を出した。うんうんと何度も頭を上下させる桃山は、なんだか尻尾を振る子犬に見えた。

飛びかかって来るロックウルフの頭半分を斬り飛ばし、勢い落とさず続くゴブリンの首を切り落とす。

時間差で来たロックウルフを楯で殴り飛ばすと、ポイズンスライムが飛ばす毒を避けて接近し核を砕く。

まだ生きているロックウルフに止めを刺して戦闘は終わる。

離れた位置に弓を構えた桃山がおり、驚いた表情をしている。それを無視して、モンスターの部位の採取に取り掛かり、取り終えると探索の続きに戻った。

何か桃山がうるさい。

「ハルトくんって凄く強いね！　経験豊富なんだ！」

「当たり前だ。大人が子供に負けるかよ。あと、誤解を招くような言い方はやめろ」

「子供って、ハルトくんも私とそう年齢変わらないでしょ？」

「何言ってんだ？　俺はもう二十四歳だぞ」

「えっうそ!?　同い年か年下って思ってた」

「おまっ！　俺の大人の色気を感じ取れんのか!?　いや、そうだな、まだ高校生じゃ大人の色気なんて分からないよな」

まだお子ちゃまの桃山に、すまんすまんと謝罪して先に行く。背後でムーッと怒っている気配がするが、気にする必要はない。どうせ、この場限りの付き合いだ。

適当な会話をしながら進む。学校がどうのとか友達がどうのとか、適当に相槌を打ちながら適当に聞き流していると、またモンスターとエンカウントした。

「今度は私が！」

そう意気込んで弓を構える桃山だが、それを手で制止する。

「悪いが戦闘には手出ししないでくれ。複数人での戦いなんて経験した事ないから、事故が起こるかも知れん」

そう言うと大人しく引き下がってくれた。

決して素材の権利を主張されるのが嫌だとかではない、決してない。ただ桃山の身を案じているのだ。決して俺の物欲が働いた訳では決してない！

そんなこんなで、何度かモンスターと戦い難なく退けて行く。そうしていると、少し離れた場所から、誰かが戦っている戦闘音が聞こえてきた。

そっと戦っている場所を覗くと、そこには二人の少女が必死にモンスターの攻撃に抗っている姿があった。

「由香ちゃん！　加奈子ちゃん!?」

俺の後に付いて来ていた桃山は、悲鳴のような声を上げて仲間の名前を呼ぶが、それがいけなかった。

大きな声でこちらの存在に気付いたモンスターが、桃山に標的を変更して向かって来たのだ。

桃山もそれに対抗しようと矢を番えて射るが、狙いが甘く簡単に避けられる。

このままでは距離を詰められ、首元に牙が突き刺さるだろう。

桃山が仲間を見つけた以上、ここからは俺に関係のない戦いだと割り切り、手を出さないつもりだった。しかし、桃山との短い会話は暇潰しにはなり、少しだけ絆されたのかも知れない。

自然と体が動き、モンスターに立ち向かっていた。

迫るモンスターを斬り裂き、桃山の仲間であろう二人の助勢に向かう。

正直、見返りの無い行動は好きではない。

まあ、今回は巻き込まれたと思って諦めるが、今度からは報酬は準備しとけよ。

そんな感じで、自分に言い訳しながらモンスターを殲滅する。

桃山の仲間の少女達は、追い詰められていたモンスターが、ものの数秒で倒された事に驚いていた。

こうして桃山は無事に仲間と合流出来たのだ。

互いの無事を喜んでいる少女達を残して、俺はその場を後にする。

俺の役目は終わったのだ。あとは自分達で探索するだろう。

そう思っていたのだが、何故か当たり前のように付いて来る三人。

「あの、まだ何かありますかね？」

「あら、悠美から聞いてないの？　まだ逸れた仲間がいるのよ」

何故か偉そうな態度で、上から目線で宣う。まるで俺が手伝うのが当然だと言っているかのようだ。

今発言したのが九重加奈子、見た目が茶髪ロリで、まるで人形のような顔立ちをしている。大きな杖を持ち、魔法使いのような格好をしているが、ローブの上から見ても分かるほど、起伏の少ない体型をしていて残念でしかない。

「今私の事、馬鹿にしなかった？」

「いえ、気のせいです。じゃあ俺はあっちに行きますんで、はい、じゃあここで……」

分かれ道に差し掛かり、俺はあっち行くからお前らはそっち行けよと指示を出す。それが分かったのか、少女達も反対の道を行き俺は解放された。

んん～と伸びをすると、体がバキバキと音を立てる。きっと知らない人に囲まれて緊張していたのだろう、体が固まっていたようだ。

「あー体が軽い！」

「それは良かったですね」

「おうふっ!?」

スキル【空間把握】のぎりぎり外から声が掛かり驚いてしまう。そして振り返ると、そこには先程別れた少女達がいた。

「えっと、どうしてこちらに？」

「あちらは行き止まりだったので、戻って来ました。すいませんが同行してもよろしいですか？」

申し訳なさそうにしているのは神庭(かんば)由香、三人の中で最も背が高い少女で、濃い紫色の髪をポニーテールにしており容姿も大変整っている。剣を腰に携えており、いつでも抜けるように片手を添えている。

三人の中で最も常識人で、話も通じそうな気がする。いや、俺が嫌がっているのを分かった上で行動してそうなので、性格は悪いのかも知れない。

「あっはい、行き止まりじゃ仕方ないですね、はい」

「ねえハルトくん、どうして敬語なの？　態度もよそよそしいよ」

俺の対応が先程までと違っているからか、桃山が指摘してくる。

「いや、人が多いとドヤれない性格なもんで、気にしないで頂けると、はい。慣れたらもう少し良くなると思いますんで、はい」

どうしようもないんだよ、そういう性分なんだ。

またモンスターと戦い進んで行く。

連携が苦手だと説明して、相変わらず一人で戦っている。

その後方で少女達は見学をしており、感心したように頷いている。お前達は何様のつもりなんだ。

少女達の戦い方を見てみたいと思わないでもないが、先程の立ち回りを見るに、期待は出来ないだろう。

そう考えると、後ろで大人しくしてくれている方がありがたいのかも知れない。

それからまた少しすると、また何処（どこ）からか戦闘音が聞こえてきた。

またそっと覗くと、そこには一人の少年と一人の少女が必死にモンスターの攻撃に抗っていた。

少年は必死に剣を振るって牽制（けんせい）しているが、全身から血を流しており、左腕は折れて力が入らないのか垂れ下がっている。明らかに重傷だ。

少女の方に目立った傷は無いが、魔力が尽きかけているのか膝を突いて動けないでいた。

つまり、大ピンチである。

「トウヤ！　巫世（ふよ）ちゃん!!」

「今助けるわ！」

「ポーションの準備を！　私が先行します。二人は援護を！」

神庭が指示を出し、焦る二人を冷静にさせようとしている。だが、三人でモンスターを倒せるかというと、かなり厳しいだろう。

俺はタダ働きは嫌だとは言ったが、目の前で少年少女が無惨に殺されるのを見て平気なほど冷血漢でもない。

大剣を手に身体強化を施し、一気に加速する。

少女達を追い越し、少年達に群がったモンスター達を殲滅せんと大剣を振るう。

「あっ……」

「トウヤ!?」

モンスターという脅威がいなくなり緊張の糸が切れたのか、トウヤと呼ばれた少年は崩れるように倒れてしまう。

「よく頑張ったな」

少年を抱き止めると、こっそりと治癒魔法を使い癒してやる。何故こっそりなのかというと、愛さんの時のように厄介事に巻き込まれたくなかったからだ。それでも使おうと決めたのは、この少年がカッコよかったからだ。

ハーレムを作っているただのクソ野郎かと思っていたが、仲間の為に命を張れるようなイカした奴なら、認めてやろうじゃないか。

「ポーションを早く！　軽い傷じゃないです！　全部出して下さい！」

「ダメっ！　一本しか残ってない!?」

焦った様子の神庭が叫んで、桃山と九重が急いで準備をしているが、桃山が持っていた一本が最後のようだ。

まあ、そうだよなと思い、トレースを使い体を調べると、ポイズンスライムの毒にも侵されていた。これはポーションでは治らないだろうなと、ささっと治療する。

少年を地面に下ろすと、少女達が少年に貴重な最後のポーションを飲ませている。もう大丈夫だが、それを言っては意味がないので黙っておく。

「ハルトさん、ポーションを譲って下さい！　定価の倍支払います！」

「おうよ！」

買っておいたポーションを手渡し、あとで料金を頂く事になった。いやー、そんなつもりじゃなかったんだけどなー、でもくれるって言うなら仕方ないよなー。

こうして一命を取り留めた少年は、安らかな寝息を立てている。そして、もう一人の少女も魔力切れで気を失ってはいるが、目立った外傷は見えなかった。きっと少年が必死になって守り抜いたのだろう。

もう俺は必要なさそうだと思い、去ろうとする。だが、何故か呼び止められた。

「ちょっと待ちなさいよ！」

「……なに？　これ以上何かあるんすか？」

俺を呼び止めた少女、九重は腰に手をやって口をへの字に曲げてもごもごとしている。怒っているとかではなく、どう言い出せば良いのか分からないといった様子だ。

一体なんだと次の発言を待つと、意を決したようにようやく口を開いた。

「ありがとう！　助かりました！」

いきなりの感謝の言葉にポカーンとしてしまった。

「……おうよ」

そう短く返すと、今度こそ去ろうとする。そしてまた呼び止められた。

「待ってよ！」

「んだよ!?　今ので別れる流れだっただろうが！」

「連れて帰って」

「は、何を？」

端的にそう尋ねると、九重は倒れた少年を指差して答えた。

「トウヤを連れて帰ってほしいの、ここにいちゃ死んじゃう。私の事は好きにして良いから、お願いします、助けてください」

「気持ち悪」

意外な反応だったのか「キモッ!?」と驚いた様子だが、はっきり言って気持ち悪い。自己犠牲なのか何なのか知らないが、少年が必死に守ろうとした人達が自ら犠牲になったのでは、彼が報われない。

「自分を犠牲にするのは結構だが、俺を巻き込むな。そこの奴が起きるまで待てば良いだけだ。それくらいの時間守ってやれ」

「でも、門限があるから……」

「……門限があんの〜」

ダンジョンから脱出する為に少年を背負い、地下十階のポータルを目指して進む。

前方にはモンスターを警戒して進む桃山と九重の二人、横には気を失った少女を背負う神庭がいる。

門限と聞いて、なら仕方ないなと、手伝ってやるから安心しろと答えてしまった。俺も門限を守らずに、母ちゃんに家を追い出された事があるから、気持ちは分かるぜ。

そんな訳で、少年少女で構成されたハーレムパーティと共にダンジョンから帰還した。

「あの、このお礼は必ずするから、何が良いか聞いても良い？」

地上に戻ると、桃山が夕陽(ゆうひ)に照らされた顔で照れたように聞いて来た。

「何でも良いのか？」

「うっ、うん！　私、頑張るから！」

俺はその反応に満足して、

「二度と関わんな」

と言って別れた。

「はい、はい、それはもう、あっ明日には振り込まれるんですね。はい、ありがとうございます。はいー、はい失礼します」

スマホの通話ボタンを切り、愛さんとの会話を終える。

約束の謝礼は明日には振り込まれるそうで、かなりテンションが上がっている。それと同時に、ホント株式会社や愛さんとの関係もこれまでだ。これ以上、関わる事もないだろう。そう思うとテンション爆上がりだ。

どうしよう、もしかして家買えちゃうくらい貯(た)まっちゃうかな〜。家買っちゃう？　マンションでも良いな、どうしようかな〜。なんて、お金があるとこんなに贅沢(ぜいたく)な悩みが出来るのかと、自分自身驚愕(きょうがく)する。

「やべーな、俺の時代が来たって感じだなおい！」

部屋の中で大声を出してしまい、隣の大学生に壁ドンされる。

すまんすまんと心の中で思いながら、苦学生にはまず出来ない悩みだよなぁとマウントを取ってみる。

……全然面白くないな。どうやら俺に、他人のマウントを取って楽しむ性癖は備わっていないようだ。

女王蟻の蜜を飲んで「クィーーーー!!」としてダンジョンに向かう準備を始める。

正直なところ、もうダンジョンに潜る必要は無い。

ホント株式会社から振り込まれた金額だけで、贅沢しなければ十年は生きて行ける。それなのにダンジョンに行くのは、落ち着かないのだ。体が疼(うず)いて仕方ないのだ。

もう、体がダンジョンを求めていると言っても良いかも知れない。それほど俺は、ダンジョンにハマっていた。

朝から調子良くアパートを出ると、もわっとした空気が喉を焼く。炎天下が俺の体を焼き豚にせんと攻撃して来る。だが、この程度のダメージで俺の行動を止める事は出来ない！

「ありあしたー」

やる気の無いコンビニ店員からスポーツドリンクを受け取ると、一気に飲み干す。

いや、やばいって。何なんだこの暑さ、朝から人を殺す気か。

スマホを取り出し今日の天気を調べると、本日は記録的猛暑に見舞われるでしょうとある。命の危険があります、涼しい所で過ごしましょう、なんて記されており、この日の暑さがどれほどのものか教えてくれる。

ダンジョンでもないのに、外に出るだけで命の危険があるのか。もしかしたら、ダンジョンより地上の方が余程危険なのかも知れない。


電車に揺られて十数分、駅から何とか探索者協会にたどり着くと売店に直行する。目的は、ポーションを補充する事だ。

先日、ハーレムパーティの口車に乗せられてポーションを渡してしまったが、もう関わるなと言ってしまった手前、回収するのも難しい。て言うか恥ずかしい。

「あれ、ハルトくん？」

だから諦めて購入しようと思ったのだが、売店には先日のハーレムパーティの桃山がいた。

何でいるんだよ、恥ずかしいだろうが。そんな俺の気持ちを無視して桃山が近付いて来る。その手には五本のポーションがあり、目の前に立つとそれを俺に差し出した。

「これ、昨日のお返しです。少ないかも知れないけど、今の私達じゃこれくらいしか買えなくて……」

ポーションの値段は一本一万円からで、品質が上がればそれに応じて値段も上がる。

桃山が持っている物がどれくらいのポーションなのかは分からないが、それでも、学生がおいそれと購入出来る物ではない。

「……ああ。ところで、お前達の分は買ったのか？」

「うん、でも大丈夫だよ。今日から資金集めしようって話になって、暫く(しばら)は地下十一階で採掘すると思うから危険は無いよ」

「そうか……じゃあ遠慮なく」

ここで断るのも失礼だと思った。彼女が、いや彼女達メンバーの総意なら受け取るべきだろう。

ん？　総意？

「なあ、これって他の奴らは知っているのか？　ポーションを俺に渡すって」

「えへへ、私の独断。でも、説明したら分かってくれるはずだよ」

「馬鹿たれ、許可もらって来い。そうじゃなきゃ受け取れん」

これを受け取ったら、まるで俺がカツアゲしてるみたいだろうが。ここで変に拗(こじ)れたら、また厄介事が始まってしまうかも知れない。ここは慎重になるべきだ。

桃山は「直（す）ぐそこにみんないるから」と言って売店から出て行った。それを見て、自分のポーションを購入すると反対側から売店を出る。

待たないのかって？　誰も待つなんて一言も言ってないからな。昨日、関わるなと言った手前、直ぐに顔を合わせるのも気まずい。

「やはりこっちに来ましたね」

そんな俺の気持ちとは裏腹に、神庭が何故か目の前に居る。どうしてここに居るんだと問い掛けると「貴方（あなた）ならこうするだろうと思いました」などと、まるで俺の行動が単調で分かりやすいと言っているかのようだった。

「それで、何か用か？」

「色々と気まずいのは分かりますが、一度お礼をさせて下さい」

困ったような表情を浮かべる紫髪の少女に、色々と察せられてしまい少し恥ずかしくなる。しょうがないなとそっぽを向いて了承すると、売店へと引き返した。

「あっ、いた！」

「何でどっかに行くんですかぁ！」

「便所に行ってたんだよ、言わせるなよ恥ずかしい」

「いえ、ギルドから出ようとしてたので、昨日言った手前、恥ずかしかったんだと思いますよ」

「いきなり暴露してんじゃねーよ!?」

俺の気持ちを察して黙っていてくれるかと思ったのに、いきなりバラされた。そこらへんの配慮くらいせんかい！

チッと舌打ちをして神庭を睨むが、どこ吹く風といった様子だ。

「貴方が田中さんですね」

俺の名前を呼んだのは、一見どこにでもいそうな普通の少年だった。身長は俺と同じくらいで、軽装備で腰に剣を差してはいるが、これといった特徴のない黒髪の少年。だが、その瞳には何か強い意志を感じる。何か目的があり、絶対にやり遂げると誓った男の目だ。

「僕は日野トウヤと言います。昨日は危ないところを助けて頂き、ありがとうございました」

日野トウヤと名乗った少年は、俺の目を真っ直ぐに見て頭を下げた。それに倣ってか、他のメンバー達も頭を下げてお礼を言う。感謝の念が伝わってきて、良い事をやったと思う反面、別の意味で居心地が悪くなる。

「あのー、やめてもらって良いっすか、ここ、人の目があるんで、移動しません？」

衆人環視の中ではやめてくれ。

売店から隣接する食堂へと移動する。

この食堂は、ダンジョンで採れた食材を使っているらしく、それなりに人気があるらしい。残念ながら俺は利用した事はないが、それなりに美味しいらしく価格もリーズナブルなのだそうだ。

いつもは素通りしているが、夜遅くにダンジョンから帰ると二階から賑やかな音が響いていた。

今はまだ昼前というのもあり、人はまばらだ。

初めて来る食堂にキョロキョロと見回していると「なに、ここ初めてなの？」と九重に馬鹿にされてしまう。それにムッとして「悪いかよ」と返すと「私達も初めてよ！」と自信満々に返されてしまった。

おかしい、何かが噛み合ってない気がする。最近の子はこんなんなのか？　もしかして、これがジェネレーションギャップってやつか!?

「変な事言ってないで注文しますよ、ドリンクだけで良いですよね？」

変な会話をばっさり切り捨て、備え付けのタブレットを使いメニューを表示する神庭。

良かった、こいつがいた。俺がおかしいのかと心配になってしまった。

全員がドリンクを注文すると、改めて自己紹介を始める。既に四人の名前は知っているが、残る一人が不明のままだった。

「えっと、私は三森巫世です。最近、このハーレ……パーティに加入しました。昨日は助けてくれて、ありがとうございます」

三森と名乗った少女は、黒髪の普通の子だ。前衛のような装備だが、後衛が持つ杖を装備している不思議な子である。

体型は普通、笑うと愛嬌があり可愛いとは思うが、他の少女達と比べると見劣りしてしまう。決して三森が悪いという訳ではないのだが、他の三人が異様に整っているのだ。

何だろう、ちょっと同情してしまうな。優しくしてあげようかな。

「気にしなくて良いよ、当然の事をしたまでだからさ」

「ハルトくん、巫世ちゃんにだけ優しくない!?」

「何言ってんだ？　お前達に冷たいだけで、他の人達にはこんなもんだ」

「酷い!?」

喧しい。昨日、散々迷惑掛けられたんだ。最後は自分の意思で動いたとはいえ、巻き込まれたのは事実だからな。その原因になった桃山に、どうして優しく出来ようか。

「あはは、なんかすいません。それでお礼がしたいんですが、僕達まだそんなに進めなくて、今はこれが精一杯なんです。どうか受け取ってくれませんか？」

日野の手から差し出されたのは、先程の桃山からのポーションに加えて、角の形をした一本の杖だった。

「この杖は？」

「それは昨日、宝箱から手に入れたアイテムです。効果は分かっていませんが、きっと高値で売れるはずです。田中さんが魔法を使うなら、自分で使うのも良いと思います」

見た目で価値のある物だと分かる杖を手に取る。

先が尖っており独特な形をした杖。刺突武器としても使えそうだが、魔法の補助として使えるのなら是非とも欲しい。

杖を手に取ると、試しに魔力を流してみる。

「ん？　んんん～？　どうなってんだこの杖、使えないぞ」

杖が使えないというか、魔力が一切流れない。もしかして不良品か？

「そんな筈は、加奈子は使えてましたし」

日野は九重を見て確認すると、九重は頷いて肯定する。

「私は使えたわよ、貴方の魔力操作が下手なだけじゃないの？」

「ふざけんな、お前よりは上手いわ。使えないなら要らないな、ポーションだけ貰っとくわ」

ポーションを五本受け取り席を立つ。用事はこれで終わり、こいつらとの関係もこれで終わるだろう。そう思ったのだが、またしても呼び止められる。

「待って下さい！　ひとつ提案があるんです！」

無視したいところだが、何か必死なものを感じて振り返ってしまった。

「僕達のパーティに加入しませんか？」

「えっ、嫌だけど」

「どうしてですか？」

どんな提案かと思ったら、仲間になれと言う。

流石にそれは無理だ。ここまで一人で潜ってきて、他人と連携を取れる気がしない。不便を感じる事もなく、戦力も十分に間に合っている。これから先どうなるかは分からないが、少なくとも今は一人でいい。そして何より、

「歳の離れた奴と組んでも上手く行く気がしない」

「……僕ら、そんなに歳は変わらないですよね？」

「何言ってんだ？　俺は二十四だぞ」

「嘘言わないでよ！　貴方どう見ても歳下じゃない！」

「誰が歳下じゃ！　おめーにだけは言われたくないわチビ！」

年齢を言うと、何故か九重に噛み付かれた。しかも、よりにもよってロリから歳下と言われたのである。馬鹿にしとんのかこいつは。

「あの、いくら何でもサバを読みすぎでは……」

「ほら、やっぱり無理があると思うよそれ」

神庭と桃山からも指摘されてしまう。何故だろう、若く見られるのは良い事だと思っていたが、馬鹿にされているようで不快でしかない。

俺は証拠となる運転免許証を懐から取り出し、全員に見えるようにテーブルの上に置く。

「見ろ！　右上の生年月日が証拠だ！」

「お兄さんのでしょ？」

「へーお兄さんいるんだ」

「他人の免許証を使用するのは、たとえ兄弟でも犯罪になります。直ぐに返却した方が良いですよ」

「お前ら、一切信じる気ないだろ」

免許証を見てもまるで信じる気のない三人、トウヤと三森は何も言って来ないが、恐らく三人と同じ意見だろう。

苛立つ気を落ち着けようと、ドリンクを一気飲みすると冷たい物が喉を通り首元がキーンッとして「ああっ」と変な声が漏れてしまう。

何故か訪れる静寂。静かな世界が俺の居心地を一層悪くする。せめて誰かつっこんでくれたら、その勢いで出て行けるのに。少女達は気まずそうに視線を逸らして、ぽりぽりと頬を掻いていた。

おいやめろ、まるで俺がスベッたみたいじゃないか！

羞恥心が俺の精神を締め付ける。逃げ出したいが、負けた気がして動けない。そんな俺に救いの手を伸ばしたのは、ハーレムパーティの主役であるトウヤだった。

「あははっ、そうなりますよね、冷たい物飲むと」

トウヤは愛想笑いを浮かべて、優しくフォローしてくれる。何だろうこいつ、中々良い奴じゃないか。

「田中さん、一度で良いですから僕達と潜ってくれませんか？　それから判断しても遅くはないと思います」

「……そうだな、一回くらいなら良いか」

この時、なんで断らなかったのかと後で後悔する事になる。

この日、ハーレムパーティとダンジョンに潜る事になった。ハーレムパーティは元々、資金集めの為に採掘を行う予定だったが、俺との探索を優先して予定を変更した。

「別に、他の日でも良かったんだぞ」

焦る必要もないだろうし、連絡先を交換しておけばいつでも日程を合わせられる。それなのに、今日やるというのは何かあるのだろうか。

「これからじゃないと、面倒くさいって理由でバックれられそうだったから」

トウヤはまるで俺が約束を守らない奴みたいな言い方をするが、そんな事はない。金が発生しないなら気分次第なだけで、金さえ貰えれば、それなりに頑張るのだ。まあ、額にもよるがな。

まあ、見極めは早い方が良いだろうと割り切って、ハーレムパーティと共に進む。

足取りは一人で潜っていた時よりも遅く、若干物足りなさはあるが一人ではないという安心感もあった。この時点では何とも言えず、まあ警戒しなくて楽だなといった感想以外は特にない。

背後からモンスターの気配を感じ取る。まだ距離はあるが、準備しておくに越した事はない。

大剣を手に持ち、背後を見遣る。それに反応したのは、俺と同じくパーティの一番背後を歩いていた三森だった。

「どうかしたんですか？」

「モンスターが来るぞ、構えろよ」

俺の忠告を聞いて、他のメンバーも反応する。

「いつも通り、僕と由香が前に出る。三人は援護を頼む！」

それぞれが返事をして動き出す。俺も参加しようとするが、トウヤが「田中さんは見ていて下さい」と言うので、おとなしく引き下がった。

三匹のロックウルフと二体のゴブリンがハーレムパーティを襲う。

前衛のトウヤと神庭が上手く引きつけ牽制しており、モンスターが後衛に向かわないようにしている。無理に越えようとするロックウルフの一匹を、神庭の刃が捉えて斬り裂く。

それを見たモンスターが警戒して一旦距離を置くが、それが悪手だった。

「一気に押し切れ！」

トウヤの合図で後衛から攻撃が開始される。

「アースアロー!!」

「――シッ！」

九重の石の矢がロックウルフを貫き、桃山が放った矢がゴブリンの脳天を貫いた。

残されたモンスターも、トウヤと神庭があっさりと倒してしまい、戦いというには一方的な戦闘が終了した。

先日とは動きがまるで違う。

メンバーが揃って、上手く連携が取れているとかではなく、単純に個々人の能力が上昇している。

その原因は、後衛で何もしていないように見える三森だろう。

戦闘が始まる前に、魔力の線が他のメンバーに伸びて繋がっていた。きっとあの魔力のパスでメンバーを強化しているのだろう。所謂、バッファーというやつだ。

このパーティの要はトウヤではなく、バッファーの三森で間違いないだろう。

「どうでした？」

「中々良かったんじゃないか、一方的な戦いで見ていて安心出来た」

俺の反応が良かったからか、笑みを浮かべてそうですかと頷き、先に進みましょうと歩き出した。

いや、ちょっと待て。

「モンスターの素材はどうするんだ？　採らないのか？」

「まだ序盤ですので、採取は帰りにやります。残っていたらですが」

「勿体無くないか？」

「台車があれば採りましたけど、この状態で荷物を持って行くのは危険なんですよ」

トウヤも勿体無いと思っているのか、仕方ないですねと残念そうにしている。なので、俺は「これ貰って良いか？」と確認を取って採取する。

そして採れた物を収納空間に収めると、何故か驚かれた。

「ハルトくん、アイテムボックス持ちだったの!?」

「何だよアイテムボックスって？」

「スキルだよ、スキルゥ！　荷物をいっぱい運べるやつー!!」

興奮した顔の桃山が迫って来る。もしかして、このスキルはかなり珍しいのかも知れない。

「ああ、持ってるな。一人で探索してるから重宝してる」

「おお～」と一同から声が上がる。そんなに珍しいスキルなのかと尋ねると、珍しくはないけど、パーティに一人いたら稼ぎが倍になると言われているスキルなのだそうだ。

ただし、それは深く潜った場合の話で、地下二十階を越えないのなら台車で十分なのだとか。

「ふーん、まあ良いか、モンスター倒したら採取して行くからよろしく」

俺の提案に頷いてくれる一同。それを見て内心ほくそ笑む。これからこいつらが倒すモンスターの素材は、全て俺の物になるのだ。恐らく、等分してくれると思っているに違いないが、誰もそんな事は言っていない。全て俺の物だ。どうせ捨てる予定だったんだから文句はないだろう。

なんて考えはお見通しのようで、神庭から待ったが掛かる。

「待って下さい、ここは割合を決めておきましょう。ハルトさんは、未だ正式に加入した訳ではありません。ここは七三でどうでしょう？」

「えー、みんなで等分じゃないの？」

「元々は捨てて行くつもりの物でした。それを人数で割るには、都合が良すぎます。きっとハルトさんも納得しないでしょう」

いや、七三でも嫌なんだが。と言える雰囲気でもなく、俺は「うん」と頷いてしまった。

こいつらという人物に慣れてきたとは言え、人数で負けてるとどうしても強く出られない俺が恨めしい。


そのあとも探索は続き、順調にモンスターを狩って行く。

それは戦いというには一方的で、狩りと呼んで差し支えなかった。こんなに強いなら、俺は必要ないだろうと思うのだが、メンバーはそうではないらしい。

「気付いたと思うけど、ここまで戦えているのは巫世がいるからよ。この子の能力が無かったら、まだ地下十三階に留まっていたと思うわ」

九重は小さい肩をすくめて、困った事にねと言う。

それは、三森の魔力が切れると、先に進めなくなるという事だ。危うい、非常に危うい、昨日の探索も三森の強化を当てにした探索でしかなく、他のメンバーの実力が伴っていないという事になる。

その結末が、昨日の出来事で証明されてしまっている。

こいつら一人ひとりの実力は、学生に毛が生えた程度なのかも知れない。

「だから、戦力の強化と装備の充実、個人のレベルアップを目指しているんです」

しかし、そこは理解しているらしく、リーダーであるトウヤが俺を真っ直ぐ見つめて言った。

俺はそうかと頷いて、マジで興味ねーなと思った。


「ねえ、ハルトくんはどこの高校？」

「○○高校だけど」

「ん？　どこにあるの、その学校、ここら辺じゃないよね？」

「他県だな、三つくらい離れてる」

「そんな遠くから来てるんだ」

「なに言ってんだ？　俺はこっちに住んでるぞ。駅で言うと五つくらい離れた所だな」

「毎日の通学大変そうだねぇ？　寮で暮らしてるの？」

「だから何の話だって!? もしかしてまだ疑ってんのか、俺はもう大学まで出たんだよ！ この前まで社会人だったんだよ！」

なんて桃山と会話したり。

「ハルトは彼女いるの？ あっごめんなさい、いる訳ないわよね、ごめんね当たり前の事聞いて」

「うるせーよちびっ子。お前みたいに性格悪い奴は、永遠に彼氏なんて出来ないから安心しろ」

「あら怒ったの？ 弱い奴はこれだからダメよねー、情けないわねー、ざぁーこ」

「人を見るだけで殺せるなら、俺はお前を殺しているな」

なんて罵り合いを九重としたり。

「ハルトさんはどうして探索者やっているんですか？」

「金の為だよ、仕事辞めちゃったからさ、貯金も無かったから仕方なくだな」

「前はどのような仕事に就いてたんですか？」

「ＩＴ関係だ。結構ブラックだったな。顧客とのトラブルが絶えなかったり、ミスが続いて帰れなくなったりで大変だったんだ。そのくせ、上司は定時で帰るし社長は遊んでばかりでよう……」

「ああ、はい分かりました。大変だったんですねー」

なんて神庭に愚痴ったり。

「三森は何で探索者やってんだ？」

「友達から誘われてですね」

「何でトウヤ達とパーティ組んでるんだ？ 友達はどうしたんだ？ 何でそんな遠い目をしてるん

だ？」

「その友達、直ぐ辞めちゃったんですよ。それでハー……このパーティに拾ってもらったんです。見て下さいよこの装備、三十万円もしたんですよこれ！　これまでのお年玉貯めてたのに、全部使っちゃって、せめてその分くらい回収したくて……」

「あー分かった分かった！　辛かったな！　うん、お前は頑張ってるよ、うん！」

なんて三森の愚痴を聞いたり。

「どうしてパーティメンバー女子ばかりなんだ？」

「その、最初は友達も誘ったんですけど、他で探索者パーティ組んでるらしくて断られちゃったんですよ。それで困ってるところに、彼女達が強力するって言ってくれたんです」

「そうか、それはさぞかし妬まれただろう」

「え？　そんな事はなかったですけど、どうしてです？」

「いや、何でもない。気付いてないなら、それで良いんだ。ただ、そうだなぁ、刺されないようにだけ気を付けておけよ」

なんてトウヤに無自覚ハーレム野郎になった経緯を聞いたりして、交流を深めて行く。若干一名（九重）の俺への態度が不安ではあるが、まあ無視すれば問題ないだろう。

この時までは、確かにこのパーティに加入しても良いかなと、心の隅では思っていた。

事件が起こったのは、そろそろ探索を終えて引き返そうとした時だった。

「あっ?」

桃山が短く言葉を発すると、ガコンと何かが下がる音が響き渡る。同時にみんなが桃山に注目して、なにが起こったのか認識する。

「悠美、貴女、まさか……」

「……トラップ、踏んじゃったみたい」

泣きそうな桃山の右足が、くるぶしまで下がっており、それがトラップなのだと理解出来た。

「みんな固まろう! 昨日みたいに飛ばされたら大変だ!」

焦るトウヤの指示で、桃山を中心に集まる。その行動は、トラップが発動するなら、トラップを踏んだ桃山からだと予想したからだ。

近付いたメンバーは互いを掴み、飛ばされても離れないようにしている。何故か俺の腹を鷲掴みにする手もあるが、今は気にする時ではない。

トラップが発動するのを待つ、待つ、待つ。が何も起きない。

「なんだ、もしかしてトラップじゃなかったのか?」

「そ、そうなのかなぁ?」

もしかして、見せかけだけのトラップかと思ったが、神庭から待ったの声が掛かる。

「待って下さい! もしかしたら、足を離した瞬間に発動するタイプかも知れません!」

「なに!? そんなのがあるのか」

「もしかしたらです。違うかも知れませんが、トラップを発動させないで済むかも知れません」

神庭の言葉に、みんなが希望を見出す。

昨日はトラップで死に掛けたのもあり、メンバーからすれば一条の光のような言葉だっただろう。

「でもどうするの？　悠美を置いて行けないわよ」

「そうだな、この落ちた地面を埋めてしまって、固定すれば良いんじゃないか？」

九重の疑問にトウヤが答える。

確かにそれも一つの手だろう。だが、その答えでも不安だった俺は提案する。

「俺に案がある」

「それは何ですか？」

「それはな、桃山の足を切り落として置いて行く事だ」

「ひうっ!?」

「なに言ってんの！　そんな事出来る訳ないでしょ！」

「まあ待て、何の策もない訳じゃない。十分勝算はある」

俺は説明する。

先ずは桃山の右足に紐を括り付ける。次に俺と桃山を残して、四人は退避する。俺が大剣で右足をカットして、桃山の体を持って逃げる。トラップが発動する前に紐を引っ張って、桃山の右足を回収する。そして治療。

正に完璧な作戦だ!!

「馬鹿じゃないの!?　上手く行く訳ないでしょ！　仮に悠美の足が元に戻らなかったらどうすんの

よ!?」

「なんだ。そんなの決まっているだろう、桃山に懸想中の人がきっと支えてくれるさ」

な、トウヤ。

そう言うと、桃山も満更でもなさそうで「えっ！　それって、告白っ!?」と顔を赤らめていた。

これは、十分に試す価値はある。俺には、死にかけのアグレッシブジジイを治療した実績もあり、ほぼ確実に足を繋げられる。はずだ。たぶん。自信はないけど、いけるはず。

少し不安になった俺は、桃山に触れてトレースしておく。もし失敗しても、体の構造を理解しておけば足を生やせるかも知れない。そう思い触れたのだが、何故か桃山が俺の顔を真っ直ぐに見つめていた。

「……私、頑張るよ！　責任、取ってくれるんだよね!?」

「ああ」トウヤがな。

覚悟を決めてくれて何よりだ。

「さあ、やろう」

「却下に決まってるでしょう!!　なに言ってるんですかアンタは！」

声を荒らげたのはトウヤだ。もの凄い剣幕で、これまでの穏やかな雰囲気とは大違いである。

「その通りです。こんなサイコパスな作戦認めるはずないでしょう」

それに続くように、静かな怒りを発露する神庭が一歩踏み出した。

「そうね、正気じゃないわよ、この作戦」

杖を握り、戦う為に魔力を巡らせる九重。

「流石にそれはないです」

三森が能力を使い、他のメンバーの強化をして行く。

おかしい、これではまるで、俺が悪いみたいじゃないか。最善の作戦を提案しただけなのに、他にも案があるのなら出せば良い。それだけの話だろう。

「待て、落ち着け。他に手があるなら、それを試せば良い。あくまで俺は提案しただけだ。足を退かして何もないのなら、それに越した事はないからな」

ただ、何故か他の作戦は上手くいかない気がするのだ。

これまで戦ってきて分かったのだが、ダンジョンはそんなに甘くはない。あれがトラップなら、少々の小細工で獲物を逃すとは思えなかった。

俺は少し離れた所で、トウヤ達が桃山を助けるのを見ていた。どうやら、九重の地属性魔法でトラップを固めて、足を退かす作戦にしたようだ。

遠目に足が上がるのが見える。どうやら成功したようで、一安心である。

俺の杞憂（きゆう）だったようで、良かった良かったとハーレムパーティに近付いて行くと、またガコンと音が鳴り、世界が切り替わった。

テレビのチャンネルが切り替わるように、見ている景色が変わった。

薄暗い洞窟の中というのは変わりないのだが、先程まで通っていたはずの通路が消え、一定の空間に閉じ込められてしまった。

「なに、どうなったの!?」

九重が混乱して叫ぶが、それに答えられる者はいない。この現象は明らかにトラップが発動したもので、これから何が起こるのか予想出来なかったからだ。

「皆さん落ち着いて下さい、いつでも戦う準備をしておきましょう。明らかに普通じゃないです」

神庭の声に従い、全員が武器を手に取る。

俺も嫌な予感がして、いつでも動けるようにしておく。

背後を見ると、そこには壁があった。あの時動かずに待っていれば、トラップの範囲から外れ、俺は巻き込まれなかっただろう。今更考えても仕方ないが、舌打ちくらいしたくなる。


地面が揺れる。その揺れは段々と大きくなり、下から脅威が迫っているのを知らせる。

「下から来るぞ!!」

分かってはいるだろうが、一応、ハーレムパーティに叫んで忠告する。

そして、奴らは襲って来る。

地面が割れ、大きな口が俺達を飲み込まんと開かれた。それを即座に飛び退いて回避し、大きく距離を取る。

地中より姿を現したのは、巨大なロックワームだった。人を軽く飲み込みそうなほど大きく、擬態する気などないのか好戦的な意思を感じる。

しかも、それが二体。俺の方とは別に、トウヤ達の方にも同種のモンスターがいた。

地上に出ているだけでも５ｍはありそうで、地面に埋まっている分を合わせたら10ｍ以上はあるかも知れない。長さに比例するように体も太くなっており、開いた口の中は無数の牙で埋め尽くされていた。もしも飲み込まれたら、一瞬でミンチにされるだろう。

そんな想像をして、ふっと息を吐き出し大剣を構える。

このモンスターからは、大人のゴブリン以上の圧力を感じる。油断すれば死ぬだろう。体も頑丈そうで、傷を負わせるのにも苦労しそうだ。

魔力を練り上げ、身体強化を最大限に発揮する。

「キシャー！」

巨大なロックワームは体を一度引くと、力を溜め、まるでバネのように跳ねて一直線に迫って来た。

凶悪な牙を剝き出しにして、俺を飲み込もうとするが、真っ直ぐにしか向かって来ないのなら回避は難しくない。

軌道上から逸れて、大剣を上段に構える。そして過ぎて行く巨大なロックワームの体に向かって振り下ろそうとして、諦めた。

モンスターの尾がしなり、スキル【空間把握】がその接近を知らせたのだ。

「くそっ!?」

悪態を吐いて、倒れるように転がり回避する。すると、直ぐ近くを大きな尾が通過し、強風が頰を撫で、その威力がどれほどのものかを物語る。

まるで大型トラックのようだった。直撃を食らえば、ただでは済まないだろう。まあ、当たればの話だが。

巨大なロックワームは地面に牙を突き立てると、まるで掘削機のように地面を砕き潜って行く。

絶好の機会のようにも見えるが、尾が激しく暴れており、そう簡単には近付けない。対応を誤れば、吹き飛ばされるだろう。

だが、俺は行く。

「だっしゃーーーっ!!」

気合いと共に疾走し、暴れる尾に向かって大剣を振り抜く。スキル【見切り】の効果で凶悪な尾の動きを捉え、正確に合わせたその一刀は、ガギギッと甲高い音を立てると弾き飛ばした。

残念ながら、モンスターの体が硬く切り裂く事は出来なかった。だが、一方的に力負けするような事はなさそうだと知る事が出来た。

尾を攻撃しても、巨大なロックワームは動きを止める事はなく、そのまま地中に潜ってしまう。姿は見えなくなったが、その振動で予測し【トレース】を使用して地中を進むロックワームの位置を正確に摑む。そして、地属性魔法で仕掛ける。

地中に魔力が伝い、巨大なロックワームに向かって魔法が発動する。幾つもの土の棘が生え、ロックワームを貫かんと一気に伸びた。だが、その表皮は硬く、僅かに凹ませるだけに止まった。

攻撃力が足りない。こいつらの命に刃を届かせるには、力が足りない。

どうする。と考えを巡らせると、背後から激しく戦う音が響いて来る。振り返ると、トウヤ率いるハーレムパーティが必死に戦っていた。

「……くそ！」

戦ってはいるが、残念ながら善戦しているとは言えない。巨大なロックワームの攻撃を必死に避けており、反撃は後衛の桃山の弓矢と九重の魔法のみ。それも、まったく効いた様子はなく、無駄に魔力を消費しているだけだった。

三森の能力を使用して強化しないのかと疑問に思うだろうが、トウヤ達はあれで使っているのだ。使っていて身を守るので精一杯になっているのだ。

これでは、あと数分もすれば、三森の魔力が尽きてパーティは一気に瓦解するだろう。それは明確な死を意味していた。

俺はハーレムパーティに向かって走る。動き出した瞬間に、地中に潜った巨大なロックワームも動き出すが、気にしてなんかいられない。

「お前ら、下がれ!!」

「ハルトくん!?」

トウヤ達に呼びかけると、巨大なロックワーム目掛けて一気に加速する。必ず殺すという意志を持ち、飛ぶような勢いで巨大なロックワームに斬り掛かった。

緑色の鮮血が飛ぶ。先程は押し返すだけだった攻撃が、今度は確かな手応えがあり、巨大なロックワームの体を切り裂いていた。

切断までは行かなかったが、その傷はいくら生命力の強いモンスターでも無視出来ないほど深かった。

「キシャーーー!?!?」

傷を負ったロックワームは悲鳴を上げ、地中に潜ってしまう。可能なら倒しておきたかったが、そう事は上手くは進まない。

一体が潜ると、もう一体が顔を出す。

俺の足元から牙が生え、地面ごと口の中に収めようともう一体のロックワームが現れたのだ。

何とか避けようとするが、足場が崩れて動きが遅れてしまう。このままでは、モンスターに飲み込まれて、凶悪なミキサーにかけられてしまうだろう。

それでも、焦る必要はない。何故なら真下にあるのは、凶悪ではあるが無防備な口内なのだから。

「シィッ!」

足元に向かって、勢いよく片刃の大剣を振り下ろす。同時に現れる巨大なロックワームの口。表皮と違い柔らかい口内に大剣の刃は通り、深く斬り裂いた。

だが、それでも巨大なロックワームの勢いは衰えなかった。痛みで口を閉じさせる事には成功しても、地上へと飛び出る勢いは衰えず、俺の体を高く跳ね上げた。

凄(すさ)まじい衝撃が体を貫く。高重量の突撃に声も出せずに空中へと投げ出される。

まずい、まずい、まずい!?

頭の中に警笛が鳴り響く。どれほど焦っても、何もない空中では動く事は出来ず、ただ落下するしかない。その上、このダメージ。幾つかの骨が折れて、内臓が傷付いているのが分かる。それでも意識はあり治癒魔法も使えるが、それを使う時間が無い。

体が回転しながら頂点に達して、落下を始める。

下には巨大なロックワームが口を開いておリ、俺が落ちて来るのを待っていた。

何とか大剣は手放さなかったが、とてもではないが体を動かす事が出来ない。せめてと治癒魔法を使い治療に取り掛かるが、まず間に合わないだろう。

くそ。内心悪態を吐き、死を覚悟する。

だが、その覚悟は無駄になる。何故なら戦っているのは俺だけではないからだ。

「チャージアタック!!」

その声と同時に轟音が鳴り響き、口を開けていたロックワームが横倒しになる。

上から見えていたのは、トウヤが剣に淡いオーラを纏わせ、その一撃でロックワームを倒した光景だった。それほど鋭い一撃ではなかったが、放たれた暴力は想像以上に強力だった。

「田中さんを頼む!」

トウヤがメンバーに向かって呼び掛けると「ええ、任せて!」と九重が力強く答えた。

九重は俺と同じく地属性魔法を使う。その使い方は決して上手いとは思えず、魔力操作も拙いが、時折り器用に使う場面を目にしていた。

そして、今も器用な事をしている。地面に手を突き、一瞬で地面を柔らかい土へと変化させてしまう。俺はそこに落ち、落下による衝撃が幾分か和らいだ。

「がはっ!?」

和らいだとはいえ、先に受けていたダメージもあり苦悶の声が漏れてしまう。砂埃が舞い、視界が塞がってしまうが治癒魔法を使って急いで回復させる。それでも足りないと【収納空間】からポーションを取り出して一気に飲み干した。

「ハルトくん！」

桃山が俺の名前を呼びながら近付いて来るが、砂煙が視界を塞いでいるせいで、あちこちに顔を動かして捜しているのが分かる。

「俺は大丈夫だ。トウヤの加勢をしてやってくれ！」

体の治療をしながら、桃山に頼む。砂煙で見えなくても、巨大なロックワームが動き出し、邪魔をしたトウヤに標的を移したのが気配で分かった。

トウヤが先程の一撃を何度も使えれば問題ないだろうが、それなら最初から使っているはずだ。あの瞬間まで使わなかったのは、消耗が激しいか何かしらの条件があるからだろう。

つまり、状況は一向に変わっていない。

戦い始めて数分も経っていないが、消耗が激しい状況にある。

ここまでのモンスターとの戦闘で、トウヤ達は魔力を消費しており、長い時間を戦えるほどの体力は残っていない。俺はまだ余裕はあるが、この調子で使い続ければ巨大なロックワームを倒す前に力尽きるだろう。

そして、更に悪い事に。

「シャーーーッ!!」

砂煙が晴れた先には、巨大なロックワームが二体揃っており、その内の一体に与えたはずの傷が消えていた。

「マジかよ……」

こいつらは、地中に潜ると傷が癒える力があるのかも知れない。そんな絶望が、俺達の前に顔を覗かせた。

「俺が前に出る！　お前達は何か突破口を探してくれ！」

もうこれしかなかった。少しでも時間を稼ぎ、倒す手段を探すしかなかった。

標的がトウヤに移っている以上、トウヤが注意を引き付けるべきなのだろうが、とてもではないが生き延びるのは不可能だろう。だから、俺が前に出るしかない。

「僕もやります！」

「やめとけ、三森の強化が切れたら一溜まりもないんだろ？　時間は稼いでやるから、何か方法を考えてくれ。それと、これ返しとく」

【収納空間】から貰ったポーションを取り出し、トウヤに手渡す。予備のポーションは無くなったが、戦いの最中に使えるとも思えない。なら、何かあった時の為に渡しておくべきだろう。

「そんな、田中さんは……」

「おいやめろ!?　しんみりしてんじゃねーよ!?　俺は死ぬ気なんてないからな！」

　まるで覚悟を決めた俺、みたいな雰囲気を出しやがって、誰が死ぬかボケ。力負けはしないんだ。守りに徹していれば、それなりに時間を持たせる自信はあるんだよ。

「何がなんでも見つけろよ。こいつらを倒す手段でも、ここから脱出する方法でもいい。生き延びるんだ。みんなでな」

「……はい！」

　トウヤの胸をトンと叩いて、巨大なロックワームが待つ場所まで向かう。

　律儀に待っていてくれるとは、モンスターのくせに粋な事をしてくれる。なんて思うはずもなく、即座にその場から飛び退いた。

　足元から鋭く硬質な石の杭が、幾つも伸びて来たのだ。こちらが動かないのをいい事に巨大なロックワームは魔法を使う為の準備をしていたのだ。

　魔力の急激な高まりに、こうなるのは予想していた。だが、もっと大技の魔法が来ると思っていた。

　飛び退いた先でも、着地と同時に石の杭が生え、俺の体を串刺しにしようとする。それを転がるように避けて立ち上がると、走って移動を開始した。

　左右に動き回り、的を絞らせないようにしながら走り抜ける。通り過ぎた場所には大量の石の杭が残り、俺の通った跡を示していた。

　止まれば串刺しになり、このまま進めば巨大なロックワームのもとまで行く。それは構わないのだが、奴らの狙いは何だろうかと考えると、それが悪手だと気付いた。

大量の牙が生えた口が開く。

その口元には魔力が収束しており、強力な魔法を使おうとしていた。

「っ！？！？」

前方に土の壁を作り出し、その上に登り力の限り跳躍する。同時にロックワームの口から放たれた無数の牙の魔法は一直線に進み、軌道上にあった全ての物を粉砕して壁に衝突した。

洞窟が揺れるような轟音が鳴り響き、今の魔法の威力を物語る。

……ちょ、待て待て待て待て待て待てぃっ！？！？

いくら何でもオーバーキル過ぎやしませんかね!?

あんなん食らったら、一瞬でミンチ確定じゃないですかー。嫌だもう。誰だよ俺に任せとけみたいな台詞吐いたの、馬鹿じゃねーのぉ。前言撤回許されないかな、無理かな、無理だよねー。

トウヤ達に少しだけ目をやると、その顔は絶望に染まっていた。きっと俺と同じように、死ぬ姿を想像してしまったのだろう。心が折れていなければ良いが、難しいかも知れない。

着地すると同時に、巨大なロックワームに特攻をかける。

守りに徹していればと考えていたが、今の魔法を見て攻勢に出るしかなかった。

今の魔法は確かに凄まじかったが、無駄な魔力を使い過ぎていた。その事から、巨大なロックワームは魔法が苦手だと分かる。即座に同じ魔法は使えないだろう。だがそれは、時間を掛ければ、また同じ魔法を使えるという事でもある。

守勢に回れば、その時間を稼がせてしまう。

それだけは絶対に阻止しなければならない。今のはトウヤ達から軌道が逸れていたから迷わず避けられたが、これが重なっていたらと思うとゾッとする。

「おおおーーー!!」

恐怖を打ち消すように雄叫びを上げると、大剣に力を込めて立ち向かった。

※

「……凄い」

人を丸呑み出来るほど巨大なロックワームと死闘を繰り広げるハルトを見て、トウヤは驚愕して感想を口にする。

強烈な突進を紙一重で避け、大剣で横殴りにする。体をしならせた攻撃も軌道を読んでいるのか、余裕を持って避け、隙だらけの体に刃を突き立てようとする。残念ながら、ロックワームの表皮が硬く刃は通っていないが、確かに反撃していた。

もしも、自分があれをやれと言われたら、絶対に不可能だと断言出来る。

ハルトが強いというのは、パーティメンバーから聞いて知っていたが、まさかここまでとは思いもしなかった。

「トウヤ、時間を無駄には出来ません。ハルトさんが引き付けている間に、何か手を考えましょう」

戦いから目が離せなくなっていると、唐突に神庭から指摘される。そうだ、見惚れている場合ではないと意識を切り替えて、後衛の居る場所まで一旦戻ろうと振り返る。そこでは桃山もトウヤと同じ状態になっており、ジッとハルトの戦いを見守っていた。

「悠美、行こう」

「……うん」

後ろ髪を引かれるように視線を外す桃山。その心配そうな顔で何を思っているのか、トウヤには察する事が出来なかった。


「どうするのよ!?　あんなの勝てっこないじゃない！」

合流して開口一番に嘆いたのは九重だった。その気持ちは、この場に居る誰もが痛感しており、否定する事は出来ない。ただ、だからと言って諦める訳にもいかなかった。

「ごめんなさい、私がトラップを踏んじゃったから……」

この状況になったきっかけの桃山が謝罪するが、誰もそれを責める事はない。というより、その資格が無かった。

凹んで下がったトラップを固定して脱出しようとした時桃山は言ったのだ、『多分ダメだよぉ、このトラップに私の足が引っ付いてる気がするの』と。これがどういう意味か分からなかったが、今なら理解出来る。

あのトラップは、凹みが上がったから発動したのではなく、桃山の足が離れたから発動したのだと。それを気のせいだと言って、ハルトの提案をふざけたものだと一蹴して、足を離させたのは他でもないパーティメンバーだった。

そして、その負担をハルトひとりに背負わせている。

「くそっ！　僕がもっと慎重になっていれば」

「あの時、ハルトさんの提案を採用したとして、トラップが発動しなかったという保証もありません。仮に発動しなかったとしても、悠美の足は切断されていたんです。どちらにしろ後悔しかなかったはずです。それよりも今は、この状況をどうするか考えるべきです」

後悔するのは後でいい、神庭はその思いで言葉を紡ぐ。ハルトに謝罪するのは、ここを脱出してからだ。そうでなければ、戦って時間を稼いでくれているハルトに失礼だと思ったのだ。

「ここから脱出する方法は無いんですか？　トラップがあったなら逆に脱出する装置もあるんじゃ？」

恐怖に震える声で、必死に案を出す三森。だが、それを今から探せるのかと問われると、難しいとしか言えなかった。それに、トウヤはこの状況がどういうものなのか話を聞いていた。

「この前、ギルドの人に聞いたんだ。トラップにハマって閉じ込められたら、ユニークモンスターを倒すまで出られないって。たぶん、あの大きなモンスターはユニークモンスターだ」

「あれが……」

ユニークモンスター。それはダンジョンに時折現れる強力なモンスターで、その強さは十階層ごとに用意されているボスモンスターよりも上とされている。

当然、倒した時の恩恵もあり、基本的にユニークモンスターの肉体は高値で売れ、探索者協会からも高額な賞金が提供される。そして何より、新たなスキルを獲得出来るのだ。

基本的にボスモンスターしか落とさないスキルオーブ、それをユニークモンスターも落とす事が知られていた。それは探索者協会では有名であり、スキルを狙った多くの探索者が挑戦して、そして散って行った。

それほどの強力なモンスターと遭遇してしまった。しかも閉じ込められた空間でだ。

そして、それとたった一人で戦っているハルトという存在は、一体何者なのかと疑問が溢れてくる。

「ハルトさんが何者だろうと関係ありません。彼が私達の生命線なんです。ここからの脱出が不可能である以上、あのモンスターを倒せるのは彼しかいない！」

「でも、このままじゃ……」

いずれ限界が来て倒れてしまう。

常に動き続けてモンスターの攻撃に対処し、隙が出来れば攻勢に出る。そんなのが、いつまでも続くはずがないと誰もが理解していた。だから、ハルトはトウヤ達に頼んだのだ。絶望的な状況から脱する方法を見付けろと。

「……巫世さん、付与術はあと何回使えますか？」

「え？　あといっか……二回は使えると思います」

「よし、一回は僕に、二回目は田中さんに使ってくれ」

「待って下さい！　その方法は私も考えました。でも、リスクが大き過ぎます！　トウヤ、貴方が死んでしまうんです！」

　死という言葉に、他三人の息が止まる。

「どういう事？　トウヤは何をしようとしているの？」

「僕があのユニークモンスター達を引き付ける。その間に、田中さんに付与術を掛けてもらう」

「そんな!?　無茶だよ。ハルトくんでも精一杯なんだよ、トウヤ死んじゃうじゃない」

「それでも、誰かがやらないと全滅だ。僕がみんなを探索者に誘ったんだ。先ずは、僕がやらなきゃね」

　にっと笑ってみせて、みんなに大丈夫だとアピールする。別にダンジョンに誘った責任とかではない、トウヤは単にカッコ付けたかったのだ。なのでそういう事にしておいて、準備に取り掛かった。

「ダメよ！　やめてよトウヤ」「そうだよ、もう少し考えようよ、きっと良い案浮かぶから」

　そう九重と桃山は説得するが、トウヤにやめる気はない。もうそれしか方法はない。神庭が何も言って来ないのが、それを証明していた。

「巫世さん、お願いします」

「……はい。筋力上昇（フィジカルアップ）」

　杖を掲げた三森から魔力の線が伸びて、準備を終えたトウヤと繋がる。すると、トウヤの中で燃えるような感覚が生まれ、力が増したのを実感する。

「行って来るよ」と別れを告げるように言うと、全力で走り出した。

日野トウヤのスキルは【力溜め】だ。効果は一定時間集中すると、力が溜まっていき強力な一撃が放てるというものだ。能力としては単純だが、それ故に強力で必殺の一撃になり得た。

しかしそれは、相手が同格の場合に限られる。

目の前のユニークモンスターが相手では、精々強力な衝撃を与えるだけで、ダメージにはならないだろう。

だが、それで良かった。それで十分だった。

「チャージアタック!!」

必殺の一撃は、ハルトに集中していたロックワームを捉える。

落下するハルトを助けた時と同じように、必殺の一撃を受けたロックワームは横倒しになり、もう一体のロックワームも警戒して一時的に動きを止めた。

「どうして……」と驚いているハルトに向かって叫ぶ。

「田中さん、巫世さんの所に行って下さい！　それが答えです！」

それで理解したのか、ハルトは分かったと頷き「死ぬなよ」と言い残して、バトンタッチするように離れて行った。

さあ、ここからだとトウヤは速くなる鼓動を押さえ付けて集中する。既に付与術による強化は切れている。一撃でも貰えば終わり。更に悪い事に、今の一撃に剣が耐えきれなかったらしく、大きなヒビが入っていた。

それでも引く訳にはいかないと、巨大なロックワームと睨み合う。

こんなのと対峙していたのかと、改めてハルトという男の強さを実感する。

きっと彼は、僕よりも遥か先にいる探索者なんだろうと理解して、嫉妬した。嫉妬して、いつか追いつこうと心に決めた。

倒れたロックワームは起き上がると、上体を引きバネの要領で突進する。まるで大型トラックが迫って来るような攻撃に、急いで横に跳び回避する。

一度転がり直ぐに立ち上がると、二体目のロックワームが直ぐそこまで迫っていた。

これは避けられないと剣を楯がわりにし「ぐっ!?」と力を入れて、体をバラバラにするような衝撃を受けた。

視界が回転する。自分がどこにいるのかも分からなくなり、手から最後に伝わった感触で、剣が折れたのだと理解した。

トウヤの耳に誰かの悲鳴が聞こえる。それが誰のものだったのか思い出せない。大切な人の筈だと思い出そうとするが、視界が暗闇に染まり始めて何も考えられなくなる。

きっとこれが死なんだろう。暑くもなく寒さもなく痛みも感じなくなっていた。

ただ、何かの液体をかけられ、温かい光に包まれたところまでは覚えている。

『よく頑張ったな』そう誰かが言ってくれた気がした。

※

あっぶな、マジでギリギリだった。

トウヤと交代してから、こちらに向かって来ていた桃山達と合流して、三森に付与術を掛けてもらったところまではよかった。だが振り返ると、トウヤが錐揉みしながら宙に浮いていたのである。

おいマジかよ、一分くらい待たせろよ。そんな悪態を吐く暇もなく、Uターンして戻ったのだ。

「いやー!? トウヤー!?」と後ろで悲鳴を上げる少女達は、魔法や弓で攻撃しているが、まるでダメージになっていない。

空中でトウヤをキャッチすると、腰のベルトにあるポーションを取り振り掛けた。もちろんこれで足りるはずもなく、全力で治癒魔法を使い治療する。

「よく頑張ったな」と一応褒めてやるが、もっと頑張れよとも言いたくなる。

身に付けていた装備は壊れており、剣も失っているトウヤを抱えて、桃山達がいる場所に戻る。

よろしくとトウヤを手渡すと、またUターンして巨大なロックワームに特攻を仕掛けた。

もう既に、三森に掛けてもらった付与術が切れかけているのだ。これでは、何の為にトウヤが命を振り絞ったのか分からない。

このまま間に合わなかったら、マジで無駄死にである。死んでないけど、トウヤの無駄死にだ。

「うおおおーーー!!」

何度目かになる雄叫びを上げてロックワームに接近する。

三森から掛けてもらった筋力上昇は、かなりの効果があり、これまでにないほどの力強さを肉体に感じていた。

しかし、それだけでは足りない。巨大なロックワームの体を切断するだけの武器が足りない。とそう思っていた。

俺が持つ片刃の黒い大剣。これを頑丈なだけの武器として使っていたが、巨大なロックワーム相手に使う内に、違うのではないかと思えて来たのだ。

この大剣は、俺の殺意が高まるほど切れ味が増している。もしかしたら、大剣ではなく俺の技量が上がっているだけなのかも知れないが、この際どちらでも構わない。

ひたすらに殺す事を考える。目の前のモンスターを殺す事を考える。バラバラに、跡形もなく、その命を断つ事だけを考えて大剣を振るう。

「シャーーーッ！！！」

命の危険を感じたのか、ロックワーム達が威嚇するように鳴き、一体が向かって来る。そして、もう一体はその場に留まり魔力を高めている。

明らかに、先程の牙の魔法を使おうとしている。だが、そうはさせない。

「いーりゃーー!!」と殺意を乗せて、突進して来るロックワームの肉体を切り裂きながら進み、命を断ち切ると、魔法の準備をしているもう一体へと接近する。

あっさりと一体がやられたのを見て、即座に魔法を使おうとするが、遅過ぎる。

魔法が形になる前に、ロックワームの頭部は大剣によって落ち、同時にその巨体も地に横たわった。

確かな手応え。大きな命を断ち切った感触があり、モンスターの討伐に成功したのだと確信する。

横たわる二体のモンスターの亡骸を見ると、俺は構えを解き、それと同時に付与術の効果も切れた。

「……終わったん、ですか？」

背後から安堵したかのような声が届く。俺は振り向き、声の主である神庭に「見ての通りだ」と答えた。

そう、終わったんだ。この戦いは俺達の勝利に終わった。

そのはずだ。なのに、何だろうかこの違和感。何かがおかしい。

喜ぶハーレムパーティの面々。トウヤは気を失っているが、命に別状はなく全員で生き残る事が出来た。だからこれで終わりで良いはずだ。それなのに、俺の警戒心が油断するなと叫んでいる。

なんだ。何を見落としている？

倒したモンスターを見るが、そこには亡骸だけが横たわっている。俺の与えた傷は命の灯火を掻き消しており、この手に伝わった感触も確かなものだった。

「……傷？」口に出して、その違和感の正体に気付いた。傷だ。傷を負ったはずのロックワームは、どうして潜らなかった。地中に潜れば傷が癒えるというのにどうして……。

地面が微かに揺れる。何かが接近して来るのを察知して【トレース】を使い地中を探る。

その結果から、どうしてその可能性を考えなかったのかと後悔する。

「逃げろ!!」そう呼びかけるが、助かったと安堵している少女達は、その呼びかけに反応出来なかった。

俺は走る。走りながら、神庭を突き飛ばし、九重を突き飛ばし、三森を突き飛ばした。そして、桃山の真下の地面から無数の牙が生える。

キョトンとしている桃山に向かって、勢いよく飛ぶ。そして抱き締めてその場から離れようとした時、三体目のロックワームが現れた。

足に熱が走る。地面に倒れると「きゃ!?」と可愛(かわい)らしい悲鳴が耳元で鳴る。だが、そんなものを気にする余裕はない。

先程まで桃山が立っていた場所には、体に傷を負ったロックワームが聳(そび)え立っており、明らかに俺に向かって強烈な敵意を向けていた。

このモンスターは、俺が最初に傷を負わせた個体だ。地中に潜り傷を癒したと思っていたのは、地中に潜んでいたもう一体と交代しただけだった。

単純な事なのに、予想もしていなかった。モンスターが姿を隠すとは思わなかったのもあるが、それは言い訳でしかない。そして、この状況で言い訳なんて意味が無いのだ。

「うぐっ!?」

熱かった足元に痛みが走り、立ち上がれない。痛みの元である場所を見ると、あったはずの足が失われていた。しかもそれは俺だけではない。

「あっ、そんな……」とショックを受けているのは桃山だった。間に合わなかったのだ。俺が気付くのが遅れて、足を失ってしまった。

何とか治癒魔法を使おうとするが、それさえ許されない。ロックワームが動き、その大きな尾を唸(うな)らせて周囲を薙ぎ払ったのだ。

少しでも衝撃を和らげようと、小楯で受ける。しかし、小楯はあっさり破壊され、桃山ごと吹き飛ばされ壁に叩き付けられた。

「——かはっ!?」

視界が明滅する。桃山を庇(かば)おうとして、俺は自分の頭部を守るのを怠ってしまった。

「ハルトくん……」腕の中で俺を呼ぶ声が聞こえる。そちらを見ると、桃山が血を流していた。いくら俺が庇ったとはいえ、無傷で済むはずがない。

治癒魔法を使い治療しようとするが、意識が朦朧(もうろう)としだして魔法が使えない。それどころか、徐々に体の感覚が失われていく。

「……なに、やっててん、だろうなぁ」

自嘲の言葉が口から漏れると、コポリと口から血が溢れる。もう呼吸もままならない。

混濁した意識の中で夢を見る。

走馬灯かも知れないが、よく覚えていないものもあったので、これはきっと夢だろう。

夢の中の俺は、何か温かい物を抱えていた。

それはとても大切な物だったはずなのに、失ってしまった。それがとても悲しくて、探そうとして、優しく微笑むむ少女の姿を見る。そこで俺の意識は途切れた。

※

仲間がいる場所に向かって「誰か助けて！」と助けを求めるが、あちらもそれどころではなかった。

失われていく体温に焦り、ハルトの名前を呼ぶが反応はない。

「あぁ、そんな、そんな、ハルトくん!?」

桃山はハルトの腕の中で、その鼓動が止まりそうになるのを感じてしまった。

「ハルトくん？」


ロックワームが暴れており、残された神庭と九重が必死に立ち向かい、三森は魔力切れで倒れてしまっていた。トウヤも意識を失った状態で、戦力が圧倒的に足りていなかった。

「私がトラップを踏んだから……」

また後悔の言葉が漏れる。あの時、私だけを残して離れていれば、みんな助かっていたんだと悔やんでしまう。助けを求めたから、こんな事になったんだと悔やんでしまう。

「ごめんなさい、ごめんなさい」と謝罪の言葉が漏れるが、それで状況が改善する訳でもなく、寧ろ悪化していた。

桃山もハルトと同様に足を失っており、その傷口から大量の血が流れ出ていたのだ。

多くの血を失い、桃山自身も倒れてしまう。

ごめんなさいと呟き、ハルトに体を預けて、私も死ぬのかなと最期を悟る。

未だ神庭と九重は必死に抗っているが、やがて二人も悲鳴を上げて、吹き飛ばされてしまう。そして気を失ったのか、二人とも動かなくなってしまった。

ロックワームが残った桃山を見ている。いや、自身に傷を負わせたハルトを見ていた。

ギチギチと音を立てて口が開かれる。そこに魔力が収束していき、無数の牙を放つ魔法を使おうとしていた。ハルトの命はもう消えようとしているが、それでも足りないと、跡形もなく消すつもりなのだろう。

何もかもを諦めた桃山はギュッとハルトを掴む。そして、ごめんねと言って目を閉じた。

「……え？」

終わろうとしていたはずのハルトの肉体から、力強い鼓動が聞こえて来る。ドクンドクンとリズム良く鳴る鼓動は、まだ生きている証だった。

「ハルトくん？」そう桃山が呼びかけると、ハルトは動き出して立ち上がった。

そう、立ち上がったのだ。失われたはずの足はいつの間にか生えており、二本の足でしっかりと立っていた。

桃山の頭に手が置かれる。そして温かい光が桃山を包み込むと傷を癒し、足を再生させた。

何が起こっているのか、桃山には理解出来なかった。これが死ぬ前に見る夢だと言われても信じただろう。それほど、現実離れした現象だったからだ。

頭に置かれた手が離れ、ハルトの顔を見上げると、その目に意識があるようには見えなかった。

ハルトは前に出て、巨大なロックワームに向かって歩いて行く。その足取りはゆっくりとしており、とても魔法を放とうとするロックワームを阻止出来るものではなかった。

それでも、その歩みに変化はなく、力強く背中にある片刃の大剣を引き抜いた。

白銀の光が大剣に集まっていく。その光は強くはなく、とても弱々しいものだったが、何故か見惚れてしまい、恐ろしいと思ってしまった。

「シャーーー！？！？」

まるで怯(おび)えたような鳴き声を上げて、ロックワームの口から牙の魔法が放たれる。それでも、ハルトは避けようとしない。

ただ、大剣を上段に構え、すっと当たり前のように大剣を振り下ろした。

走る白銀の光。光は刃となり、牙の魔法をわずかな抵抗もなく切り裂き、あっさりとロックワームの肉体を真っ二つにした。

まるで夢のような光景、これが現実なら良いのになぁと思いながら、桃山は意識を失った。

※

うーん、何で生きているのか分からん。

気が付くと、俺は大剣を握ったまま倒れていた。

場所も元の洞窟に戻ってきており、あの閉じられた空間から脱出出来たのだと理解出来る。だが、どうして脱出出来たのかが分からない。俺が気を失った以上、ハーレムパーティでどうにかしたのだろうが、どんな手を使って？　と疑問が浮かぶ。当のパーティメンバーは気を失い倒れている。

どんな状態なのか確認すると、命に別状はなさそうだが、神庭と九重が傷を負っていたので治癒魔法で治療する。この二人が倒したのだろうかと考えるが、その実力を思い出してそれはないと結論付ける。

「うーん、分からん」

分からない事は後で考えるとして、今は全員を一箇所に集めようと動く。一人ひとり抱えて、移動しようとすると、足元にガラス玉が落ちているのを見つけた。それを拾い掌（てのひら）の上で転がすと、溶けるように消えていくのを見届けた。

その光景を見て「どうなってんだ？」とそう口に出すが、答えてくれる人は居なかった。

他の奴らの近くにも同じようなガラス玉が落ちており、触れようとしても、摑む事は出来なかった。代わりに、ガラス玉はコロコロとひとりでに転がり、近くにいる奴に触れると消えていった。

本当にどうなってんだ？

全員をおんぶして地上に連れて帰るのは現実的ではないので、一箇所にまとめて寝かせておく。あとは、目を覚ますまで待つだけである。九重の門限が気になるところではあるが、そこはもう、諦めてもらうしかない。

「何が起こったんだ？」

そう疑問を口にするが、答えなんて分かりはしない。失ったはずの足も再生されており、先程までの出来事が夢だとしたら、履いていたブーツが無くなっている説明が付かない。

それは俺だけではなく、桃山にも言える事だ。

横で眠る桃色の髪の少女を見る。その足は裸足(はだし)の状態で、俺がトレースした通りの足の形をしている。

これはつまり、一度失った足が再生されたのを意味していた。

俺がやったのだろうか？　だが、残念ながら俺にその記憶は無い。

まあ分からんなと結論付けて、収納空間から靴を取り出して自分で履き、スリッパを取り出して桃山用に置いておく。流石に裸足での帰還は大変だろうからな。

それと、ついでに蟻蜜を取り出した。

「クィーーー!?」

うむ、やはり疲れた体にはこれが一番効く。体の芯に届く旨(うま)みと体を貫く衝撃。脳髄が蕩(とろ)けそうなほどの快感を味わわせてくれる。正に神の飲み物だろう。

「んっ……ん…」

蟻蜜の匂いに釣られたのか、俺の奇声に反応したのかは分からないが、ハーレムパーティが反応した。しかし、まだ目は覚まさず起き上がる事はなかった。

まだ時間はありそうなので、少しだけ考えてみよう。こいつらとパーティを組むという事を。

今回の探索はトラップが発動してイレギュラーが発生したとはいえ、無事に生き残れた。これがもし一人だったら、生き残れなかっただろう。

それは重々承知しているし、今回の探索で仲間がいるという心強さを知った。

ならば迷う必要はない。探索者として生き残る為に、俺は最善の選択をしなくてはならない。


「誰が仲間になるか、馬鹿野郎」

地上に戻ると、トウヤ達に告げた。

「どうしてですか!? 僕達良いチームだったじゃないですか!」

「馬鹿野郎。よく考えてみれば、パーティ組んだら稼ぎも六分の一になるだろうが。こんなの、俺にメリットが無ぇじゃねーか。それによう、七三の割合って俺が七だと思ってたわ。まさか三の方って、俺生活出来ないよ? 飢えさせたいの?」

「それはっ!?」

お金の話をするとトウヤは黙ってしまった。

そう、俺はあくまでも、生活費を稼ぐ為に探索者をやっているのであって、深く潜る必要はないのだ。

仮に深く潜るとしても、それはそれだけの余裕があるか、必要に迫られた場合である。そもそもの目的が、トウヤ達と違っている。

「ちょっと! お金お金ってそんなに大事なの!?」

「大事に決まっているだろうがちびっ子! 稼がなきゃ食って行けねーんだよ!」

文句を言う九重に一時間くらいコンコンと説教したい。金を稼ぐのがどれほど大変なのかを、労働の尊さを、この無職の俺が説いてやりたい。

「ごめん、私がトラップを……」

「それは関係ないって。ダンジョンに潜ってんだ、危険なのは百も承知だ」

これからもダンジョンに潜るのなら、似たような事が起こるかも知れない。それは仕方ない事だ。だってあそこはダンジョンなのだから。

だから、早く就職しないとなぁと焦っていたりもする。

「ハルトさん、貴方が居なかったら私達は死んでいました。助けて頂きありがとうございました」

「おう、暇な時なら一緒に潜ってやるよ」

軽く返事をすると、神庭は困ったように笑っていた。一度は共に潜った仲なのだから、それくらいの融通は利かせるさ。

「あの、そっちの方が稼げるなら……」

「三森も元気でな！　何かあったら、気が向いたら、多分向かないけど力になるからな！」

じゃあなと言ってハーレムパーティと別れる。

今回の探索で得られた物は、何一つとして無い。寧ろ装備を失っており、素材の買取額から差し引くとマイナスである。それでも、俺の心に澱(よど)みはない。

何故なら、明日には愛さんから謝礼金が振り込まれるから。少々の出費くらい目を瞑(つぶ)ろうじゃないか、という気持ちにすらなる。

お金は良い、心にゆとりを与えてくれる。

死んでは意味がないのは事実だが、文明社会で生きている限り必要になる物なのだ。

そうそう、生きているといえば、あの時、攻撃を食らい気を失ったあとで、巨大なロックワームからどう生き延びたのかとハーレムパーティに尋ねたのだが、残念ながら誰も覚えていなかった。正確には気を失っており、誰もその結末を見ていなかったのである。

桃山が「夢でハルトくんが活躍してたよ」と夢の話をしていたが、残念ながら俺にその記憶はない。

もしかしたら、ゲームの負けイベントのように、全員が気を失った瞬間に戻されたのかも知れない。

不思議な現象である。正に不思議なダンジョンだ。

一度立ち止まってダンジョンを見る。夕陽に照らされた大きな洞窟、西陽が当たっているというのに中の様子が全く見えない。相変わらず不自然な洞窟である。

「明日も来るか」

命の危険のあるダンジョンだが、何故か潜るのをやめる気にはならなかった。生活費を稼ぐという目的もあるが、あの場所を求めている自分もいる。

就職しても、趣味程度に続けていけたら良いかも知れない。そんな事を考えながらダンジョンを眺めていた。

※

探索者協会の入り口付近には、魔道具で発生する冷気が流れており、夏の茹だるような暑さを和らげてくれる。それでも、本日の気温はこの夏の最高気温を計測しており、汗ばむくらいには暑かった。

それは夕方になっても変わる事はないが、日差しは幾分柔らかくなっていた。

「行っちゃったね」

田中ハルトの背中を見送り、残念そうに呟いたのは桃山悠美だ。

首筋から胸元に汗が伝い、年齢にそぐわない色気を発している。それは愛しい人と別れた時のような、憂いを帯びた表情と豊満な胸が関係しているのかも知れない。

「ちょっと悠美、その表情ヤバいわよ」

「え？」

それをヤバいと判断した九重加奈子は、率直に指摘する。それは学生が醸し出して良いものではないと、それは熟した大人の女性が出すべきものだと、そのけしからん胸は何だと、若干の妬みを抱きながら教えてあげたのだ。

「それでは、ギルドに戻りましょう」

桃山と九重は放置しておくとして、神庭は振り返って探索者協会の方を指差した。

その行動に「？」を浮かべるパーティメンバー。既に、ハルトが持っていた素材の売却は済んでおり、もう用は無いはずだった。

「何か忘れ物でもしたのか？」

そう問い掛けたのは、パーティのリーダーである日野トウヤだ。何故か前屈みになっているが、そこは誰も指摘しない。それは桃山が悪いと、誰もが認識していたから。

「少し確認したい事があります。もしかしたら、臨時収入に繋がるかも知れません」

「臨時収入っ!?」

お金の匂いに反応したのは三森巫世だ。先程換金して得た収入は雀の涙で、死にそうな思いをしたのに見合ってないじゃんと不貞腐れていたのだ。それが「臨時収入」のパワーワードを耳にしてテンションが上がっていた。

「どういう事？　それならハルトも呼ばないと」

「それはやめておきましょう、もし虚偽報告なら怒られますから。渡すなら、後からでも出来ますからね」

「怒られるって、何か悪い事するの？」

心配そうに聞く桃山だが、相変わらずの色気を放っており、隣で「くっ!?」と思春期の少年が視線を逸らした。

それを、どうしようもねーなコイツと三森は半眼で見ていた。

「そういうつもりは無いのですが、違っていたらギルドに迷惑が掛かるという内容です」

「それって、なにするの？」

「ユニークモンスターの討伐を行ったと報告します」

その発言にまたしても「?」が頭に浮かぶ。確かにユニークモンスターと遭遇はしたが、倒した記憶が無いのだ。一番活躍していたハルトでさえ「誰が倒したんだ?」とハーレムパーティに尋ねるので、誰も倒したとは思っていなかった。

「流石に無理があるんじゃ……」

「試す価値はあります。違っていても、怒られるだけならやるべきです」

そう言い切る神庭に、誰も何も言えなくなった。こんな時に判断をするのは、リーダーであるトウヤの役目だ。自然と視線が「2、3、5、7……」と素数を数えるトウヤに集まり、判断を待つ。

「47、53……ふう、報告しよう。本当に倒していたのなら、田中さんに恩を返すチャンスだ」

トウヤは言い切り、皆がそれに頷いた。何だかんだで、全員がハルトに恩を感じているのだ。あの時、ハルトが居なければ、出会っていなければ、全滅していたと理解している。命の恩人に、何か恩返しがしたいという気持ちは全員が一致していた。

「確認が取れました。賞金の準備をしますので、暫くお待ち下さい」

探索者協会の受付で「ユニークモンスターを討伐しました」と報告すると、キョトンとした受付のお姉さんが「少々お待ち下さい」と言ってどこかに連絡を取ると別室に連れて行かれた。

そこで、幾つかの質問が行われ、最後に全員の鑑定をするとあっさりと認められてしまった。あとは探索者カードを提出して待機となったのだが、拍子抜けするほど簡単に認められてしまい、力が抜けて放心する五人。

「……倒してたんだ。やっぱり」

椅子に座った桃山が呟く。夢だと思っていた光景が、実際に起こったのだと理解する。失った足が元に戻ったのも、あのモンスターを倒したのも、絶望を断つ白銀の光も、全て本当に起こったのだと確信する。

「……あっ、門限過ぎてる」

壁に掛かっている時計に目をやると、時刻は十九時を過ぎていた。九重の家は名家というのもあり、躾には厳しかった。門限を過ぎる場合には事前に連絡しなければいけないのだが、今はそんな気にもならなかった。

「敵いませんね、彼は私達とは違うのかも知れません」

「それでも、追いつきたいな」

神庭の呟きに、トウヤが反応する。

あの時、ハルトがわざわざ誰が倒したのかと問い掛けたのは、恩に着せる気が無いという意思表示なのかも知れない。そう判断して神庭は呟いたのだが、トウヤはそう受け取らなかったようだ。

トウヤは、自分よりも遥かに強いハルトの背中に魅せられていた。一人でモンスターと戦う姿を見て、ああなりたいと憧れてしまった。

ハルトより強い探索者は大勢いるだろう。それでも、あの絶望に立ち向かう姿を目の当たりにして、この気持ちを嘘にするのは不可能だった。

「凄いな、田中さんは」

トウヤの言葉に、全員がうんと頷く。

あの姿を見ていたのはトウヤだけではない、パーティメンバー全員が目撃していた。必死に抗うハルトの姿に勇気付けられ、希望を見出した。それは全員が抱いた思いだった。


受付のお姉さんからトウヤの名前が呼ばれ、カウンターへと向かう。三森が「お金、お金、お金」と目を金のマークに変えて呟いていたが、気にせずに全員で向かう。

カウンターの上には探索者カードと、登録している口座に入金手続きを行った証明書が添えられていた。

現金でくれるんじゃないんかいと、三森はあからさまにガッカリする。

そんな三森を無視して探索者カードを受け取り、スマホを取り出して確認すると、代表であるトウヤの口座に三百万円が探索者協会より振り込まれていた。これは、探索者をやり始めて最高額の収入になる。というより、これまでの総額よりも多い。

その画面を覗き込んでいた三森は「やったー!!」と歓喜の声を上げてはしゃいでいるが、やはりそれも無視されて話は進む。

「これ、全部、田中さんに渡そう」

トウヤの意見に、一名を除いた全員が頷く。トラップを発動させて巻き込んだ上に、全てを解決してもらったのだ。これくらいは当然だというのが一名を除いた全員の意見だった。

「えっ？　え？　えええぇぇーーっ!?」と絶叫する三森を放置して、ハルトに連絡を取ろうとスマホを操作する。

　そこで気付く。

「あれ？　誰か田中さんの連絡先知らない？」

　誰もハルトの連絡先を知らないと。

「悠美は聞いてないの？」と九重が尋ねるが、首を振って「聞いても教えてくれなかった」という旨が伝えられる。

　出会ったその日にお礼がしたいからと、連絡先を聞こうとしたのだが「面倒事はごめんだ」と冷たく突き放されたのである。

　つまり、ハルトが悪い。

「ま、まあ、その内会う事もあるでしょうし、その時にでも話をしましょう」

　締まりが付かなくなって、神庭が気まずそうに提案する。というか、連絡先が分からない以上、もうそれしかなかった。

「少しよろしいですか？」

　その様子を見ていた受付のお姉さんから、再び声が掛かる。盛り上がっているところを邪魔するのも悪いなぁと、落ち着くのを待っていてくれたのだ。

「探索者協会では、功績を上げた方に技能講習の優先券をお渡ししています。気になった講習があれば、このチケットを提出して下さい。無料になり、かつ優先的に席をお取り出来ますので」

差し出された物はチケットで、メンバー全員に五枚ずつ配られた。

渡されたチケットを見ても、トウヤ達は理解出来ていない。技能講習が何か分からないのだ。その事を尋ねると、再び説明してくれる。

探索者協会でいう技能講習とは、スキル、武器の扱い方や魔法について、その他技能の講義を行う学習会のようなものだ。

数多くあるスキルの中には、特殊で使いどころが分からない物もあり、それを有効活用出来るように指導する。また、危険なスキルには使用を制限するよう呼び掛けも行っている。

武器の扱い方の講義では、多種多様な武器に加えて、ダンジョンから得られた特殊なアイテムの使い方まで指導してくれる。

魔法の講義は、魔法スキルを得た探索者が参加するのが普通なのだが、スキル以外でも魔法を使う手段があり、それを学ぶ為に開催されていた。

これら三種の講義は、いつも満席になるほど人気があり、競争率が高く予約を取らなければならない。しかし、今貰ったチケットを使えば優先的に受講出来るようになる。

「必要のなくなったチケットは他の探索者に譲っても、売却してもかまいません。ですが、くれぐれも複製はしないようにして下さい。それは探索者協会への敵対行為と認識しますから」

最後の言葉に、薄寒いものを感じた。

探索者協会の成り立ちは、歴史の教科書に載るほど有名な話だ。その経緯を知っていれば、誰も敵に回そうとは考えない。それだけ、探索者協会の成り立ちには多くの血が流れていた。

「すいません、ユニークモンスター倒したの、もう一人いるんですけど、その人の分はどうしたら良いですか？」

「その場合は、連れて来て頂ければ、審査したのちにお渡しします」

他にご質問は？　言葉は発さずとも、キリッとした表情で受付のお姉さんが何を言いたいのかが伝わって来る。

特に質問の無いトウヤ達は、何もありませんと伝えて探索者協会から出て行こうとする。その時「よく頑張ったな」「お前らの活躍に期待してるぜ！」などの声が先輩探索者より掛かり、無性に恥ずかしくなった。

注目されているというのもあるが、その功績の殆どがハルトの物だと理解しているので、横取りしたようで二重の意味で恥ずかしかったのだ。

「早く行こう」

「うん」

足早に探索者協会を出ると、五人はホッと息を吐いて暗くなった世界を見る。

空には幾つかの星が輝き、国内便であろう飛行機が飛んでいる。視線を下に戻すと、街路樹が等間隔で植えられており、同じような間隔で立つ街灯が道を照らしていた。

今立っているのが探索者協会の前だから、まだ涼しいが、ここから三歩も進めば夏の茹だるような暑さにさらされるだろう。

トウヤは手に持つ探索者カードを見る。

そこには氏名と年齢、レベルとスキルが表示されていた。

「空間魔法か……」

新たに手に入れたスキルを見て、トウヤはよしっと気合いを入れて拳を握る。

これで目的に一歩近付いたのだと、実感が湧いて来たのだ。

「帰りましょう」

これで今日の探索は終わりなのだと、神庭は優しく告げる。それに頷いて、探索者協会から離れて行く。

夏の虫から鳴き声の拍手を送られているようで、少しだけ照れ臭くなった。

【名前】日野 トウヤ（17）
【レベル】6
【スキル】力溜め　空間魔法

【名前】桃山 悠美（17）
【レベル】6
【スキル】必中　念話

【名前】神庭 由香（18）

【レベル】7
【スキル】剣技　見切り

【名前】九重　加奈子（17）
【レベル】6
【スキル】地属性魔法　造形

【名前】三森　巫世（17）
【レベル】4
【スキル】付与術師　魔力量増量

エピローグ

「お前さん、毎回装備失っとるが、何やっとるんだ？」

そう眉を顰めているのは『武器屋』の店主のお爺さんだ。

既に何度も装備を買い直しているので、すっかり常連になってしまっている。他にも探索者向けの店はあるのだが、ここが一番多くの装備品を取り扱っているので、自然とここに来てしまうのだ。

「さあ、何ででしょうね、ダンジョンが過酷だからじゃないっすか？」

「それにしても、限度ってもんがあるだろうよ。いくら安物とはいえ、一回や二回の探索じゃ壊れないように作ってんだぜ」

「そう言われても、壊れてるんだから仕方ないでしょう。それとも何ですか？　俺の扱い方が悪かったとでも言いたいんですか？」

おおっ、どうなんだよジジイと腕組みしてみる。

こちとら客なんだぞ、神様のように扱わんかい！　俺だって凹んでるんだ慰めんかい！　と腹を突き出して凄んでみる。

「そうじゃない、どんな奴と戦っているんだって話だ。その装備なら地下二十階までなら何とか持つが、それ以上は無理だ。お前さん、オークを相手にしとるんじゃないだろうな？」

「オーク？　そんなもん見た事もないわ」

「お前さんに良く似たモンスターの事だ。心当たりはないか？」

「はっ倒すぞ糞ジジイ！　知らないと思って適当言ってんじゃねーぞ!?　俺だって名前くらいは知っとるわ！」

マジで殺してやろうかこのジジイ。

オークとは、地下二十一階から現れる二足歩行の豚顔のモンスターの事だ。このジジイは、よりにもよって俺に似ているとか宣いやがった。マジでやってやんぞこの野郎。

「なんだ、知っとったんか。それでどうなんだよ、戦ったのか？」

「戦える訳ねーだろ。こちとら、まだ地下十五階にも辿り着いてないんだぞ」

オークが現れる場所に辿り着くのに、どれだけ時間が掛かるのか知らないが、潜り始めて一ヶ月やそこらの俺が戦えるはずがない。というより、そんな格上のモンスターが現れたら逃げ出すわ。

「それじゃ、ロックウルフにでもやられたのか？　あの程度の攻撃で壊れる筈ないんだがなぁ」

「いや、壊されたのはゴブリンとロックワームにだ。ロックウルフの攻撃なんて簡単に避けられるからな」

俺が得意げに言うと、店主は黙ったまま俺を見る。そして、カウンターの方を指差してこっちに来いと示した。

「何してんだ？　はよ来んかい」

「いや、何されるのか分からないから。もしかして、俺の体狙ってたりする？」

そのカウンターの奥に連れて行かれたりとか……。

「んな訳あるか馬鹿タレ!?　こっちでステータス調べろって言ってんだよ！」

なんだそんな事か、それならそうと早く言ってくれ。思わず尻がキュッとなっちまったじゃねーか。

俺がカウンターの所まで行くと、店主がステータスチェッカーに百円玉を投入する。すると、画面がヴンッと立ち上がり、掌(てのひら)を画面に置いて下さいと表示される。

手の表示に合わせて掌を合わせると、俺の中に魔力が流れていき、体内で反響するように魔力が動き戻っていく。

そして、画面に映されたステータスは以下のようになっていた。

【名前】田中 ハルト（24）
【レベル】14
【スキル】地属性魔法　トレース　治癒魔法　空間把握　頑丈　魔力操作　身体強化　毒耐性　収納空間　見切り　闘志
【状態】デブ

うむ、またレベルが上がってスキルが増えているな。つーか、この状態の表示は何だろうか、デブって失礼過ぎませんかね。

そこんところどうなのよと店主を見ると、真剣な表情でステータス画面を見ていた。

「なあ、田中さんよう」

「なんですか?」

「お前さん、ユニークモンスター倒したか?」

「ユニークモンスター?　さあ、倒してないと思うけど」

なんだユニークモンスターって。聞いた記憶はあるが、それが何なのか思い出せない。と言うより、興味がなくて覚えていないような気がする。

「昨日、探索者協会で新人がユニークモンスターを倒したと話題になっていた。パーティメンバーに加えてもう一人いたらしいが、お前さんじゃないのか?」

「違うんじゃね?　昨日倒したのロックワームだけだから」

「……そうか、もし倒したら協会に報告しろよ、賞金が貰えるからな」

「マジで!?……もしかしたら倒したかもしんない。記憶にないけど、倒した気がする」

「言っておくが、虚偽の報告は粛清の対象になるからやめておけよ」

「しゅ、粛清?　そんな時代錯誤な……」

「本当だからな、絶対にやめておけよ。探索者協会に登録している以上、住所は割れているから絶対に逃げられんぞ」

「え?　じゃあ大丈夫だ。俺、探索者登録してないし」

俺の言葉が意外だったのか、店主は「なに?」と眉を顰めた。その反応が意外だった俺は「何かおかしな事言ったか?」と純真無垢な顔で尋ねた。

「おかしいに決まってんだろうが!?　何で登録してないんだ!?　最初にするだろうが！」

まるで当たり前のように主張して来るが、待ってほしい。俺だって登録したくなくてしなかった訳ではないのだ。

「仕方ないだろう、登録料が高過ぎるんだよ。金が無いんだよ金が」

「ここで沢山の装備を購入してるだろうが、少し節約すれば貯まる筈だ。それに、地下十一階で採掘すれば直ぐに手に出来るだろう」

「いや、そうなんだけど。もう今更って言うかなんて言うか、必要なくねってなってんだよ」

生活費を稼ぐ為に探索者を始めたが、愛さんから大金を頂き、モンスターを狩って買い取ってもらえば、十分に生活出来るようになっていた。今更登録したところで、メリットを感じないのだ。

それに、今朝方結構な額が振り込まれていた。あとは、次の就職先が見つかるまで、気ままに探索者生活をすれば良いだけなのだ。そこに、探索者登録をする必要性は無い。

「だから、俺は登録しなくていいよ。気が向いたらするかもだけど、多分、しないかな」

店主は俺に何を言っても無駄だと思ったのか、はあ～と盛大に溜息を吐いて話を終わらせた。そして、本来の仕事に戻りカウンターから「買うんなら早くしてくれ」と面倒くさそうに言った。

その態度にムッとするが、まあ良いかと購入する装備を選んでいく。

これまでなら、いつも通り胸当てと小楯を購入しているが、謝礼金が入ったのもあり、少しお高めの装備を選ぶつもりでいる。

「なあ、俺に合う装備って他にあるか？」

「あん？　馬子（まご）にも衣装って言うならそこらにあるの全部だな」

「誰も見た目の話なんかしてねーよ!?　サイズだよサ・イ・ズゥ！」

つーか、失礼過ぎじゃないかこの店主。こちとら客だぞ、この野郎。

「どういうのが良いかによるが、頻繁に壊すならこれまで通りので良いと思うぞ」

「壊れない装備が欲しいんだ。流石（さすが）に何度も壊しているからな、いい加減買い直すのも面倒になってきたんだよ」

「それなら、高いやつを買うしかないな。表に、どの階層まで適正なのか記しているだろう。頑丈なのが良いなら地下二十一階からのにしとけば良い」

そうアドバイスを受けて、装備品が置かれた陳列棚に足を向ける。地下二十一階〜地下二十六階、地下二十一階〜地下三十階と表示された棚に進み、その商品を見て行く。

「……お、おお〜」と思わず狼狽（うろた）えて声が漏れる。理由は、そのお値段だ。

「いち、じゅう、ひゃく、せん、まん、じゅうまん、ひゃく……」

近くにある楯のお値段は百五十万円だった。ミスリル鉱石を含んだ特殊な加工をしているらしく、頑丈で軽く使いやすい物のようだ。

これクラスの装備品が、陳列棚を埋め尽くしている。

ここから選ぶのか。いや、そもそも予算は足りるのか？

確かに懐は暖かいが、全てを使うつもりはない。予算は、奮発して五十万円まで出そうなんて考えていたが、これでは何も買えないではないか。

どうする。予算を上げて良い物を購入するか、今まで通りの装備で行くか選択しなくてはいけない。

「むむむっ!? くっ!」

そして俺は選択した。そう、俺は奮発してお高い装備に手を出したのだ。

購入したのは、百二十万円のアマダンの小楯と百八十万円のミスリルの胸当てだ。

アマダンの小楯は、アダマンタイトを少量鉄と混ぜて錬成した鉱石で作られている、赤みがかった小楯である。頑丈でオークの攻撃を受けても、びくともしないそうだ。少々重いのは難点だが、それも身体強化していれば問題なく扱える。

次にミスリルの胸当ては、希少金属のミスリル鋼を使用した胸当てである。半分は別の金属で作製されているが、真に必要な箇所には強固なミスリル鋼が取り付けられていた。

「どう、似合うかな?」

試しに装備してみて、店主に見てもらう。

「そうだな、豚に真珠ってところじゃないか」

「潰れろ糞ジジイ」

聞く相手を間違えていた。この店主がまともに反応するはずがなく、ふざけた言動しか発しない。

なので、鏡を見て似合っているのか確認する。

「…………うん、悪くない」

若干、お腹(なか)が目立って守れてないじゃん、とも思わなくもないが、攻撃なんて全て避ければ問題ないので大丈夫だろう。

え？　それなら装備いらないじゃんって？

馬鹿野郎！　昨日、あれだけ攻撃食らっただろうが！　全部避けるなんて無理なんだよ！

通常のモンスターが相手なら、そうそう攻撃は食らわない。だが、昨日のようなトラップから現れたようなモンスターが相手だと、全て避け続けるのには無理がある。何にでも例外はあるのだ。仕方ない。

「それで良いのか？」

「ああ、これで頼む」

お値段がお値段なだけに電子決済出来ない。なので、デビットカードを利用する。震える手で暗証番号を打ち込み、確定ボタンを押して決済する。

買ってしまった。口座には十分な残高があるとはいえ、こんな高額な買い物をするとは想像も出来なかった。

この前までの、モヤシ生活突入かと戦々恐々としていた頃と比べて余裕があるとはいえ、この調子で使っていては直ぐにお金が尽きるだろう。

「大事に使おう」

そう購入した装備を見て決心する。

よしっと気合いを入れて、武器屋を出る。店主の「またのご利用お待ちしてます」との機械的な挨拶を聞いて、俺はダンジョンに向かう。

そして、この日に購入したばかりの装備を失った。

※

天を衝くような大きな大きな樹が聳え立つ世界。

その大樹の根元は、多くの枝葉によって空からの光は遮られている。しかし、そこが暗闇に覆われているかというとそうではない。代わりの光源として、光のオーブが浮き、所々に生えた苔が光を放ち淡く辺りを照らしていた。動物の気配は無く、様々な植物が地を彩り、琥珀色に輝く小川の音だけが静かに鳴っていた。

幻想的な世界。誰かが見ればそう口にしただろう。

そんな幻想的な世界で、エメラルド色の髪の少女が楽しそうに舞っていた。

白いドレスをはためかせ、クルクルと舞い踊る。

裸足で地面を踏むと、高く舞い上がり白いドレスを様々な色へと変化させていく。それは光の加減で変化しているのではなく、このドレスも少女の一部であり、少女自身が気分によって変化させているのである。

気の済むまで舞うと、やがてドレスの色の変化は直り、少女の髪色と同じ透き通ったエメラルドのような緑色に固定された。

この服装は少女の趣味ではないが、今は求めていたモノが現れたお祝いに着用しているのである。

「見つけたぞ、見つけたぞ、はよう来い、はよう来い」

頬と長い耳を紅色に染めて、大樹の枝葉を見上げて呟く。

時間にして数万年という時を生きて来た少女にとって、一年という時間は一瞬の出来事のようなものだ。だが、ここ数十年という時間は実に長く、少女が生きて来た時間に匹敵するほどの長さを感じていた。

現れるのは分かっていた。

しかし、それがいつ現れるのか分からなかった。

様々な目印を放ち、その成果を暇さえあれば確認していた。

そして遂に現れたのだ。

「ああ、いずれ来ると分かっていても、こんなにも待ち遠しいと思った事はないぞ」

何もない虚空へ手を伸ばし、その存在を夢想する。

今、無理にでも連れて来れば、全てが台無しになる。

待つしかない、育つまで、十分な力を付けるまで待ち続けるしかない。

喜びの顔から、憂いの表情へと変わっていき、少女の姿は忽然と消えた。

そこには、小川のせせらぎの音だけが鳴り続けていた。

【名前】田中 ハルト（24）

【レベル】14
【スキル】地属性魔法　トレース　治癒魔法　空間把握　頑丈　魔力操作　身体強化　毒耐性　収納空間　見切り　闘志
【装備】不屈の大剣　アマダンの小楯　ミスリルの胸当て　俊敏の腕輪
【状態】デブ（各能力上昇）

番外編　黒一福路

mushoku ha kyou mo kyou tote
meikyu ni moguru

時刻は十八時を回り、空が茜色(あかねいろ)に染まり始める。

夏の夕焼けは、冬場の黄金色と比べて赤く見えて、血を連想してしまい少しだけ恐(こわ)いと思ってしまう。積雲が赤く染まり、時間の経過と共に空が紫色に変化して黒になる。

長い太陽の時間が終わり、短い月の時間の訪れである。

今日は三日月のようで、月明かりは期待出来そうもない。

昼と夜の狭間(はざま)の空を見上げると、三日月がピエロの口に見えて一層恐怖心を駆り立てる。

高校生の少女は、視線を地上に戻すと、街灯が道を明るく照らしていた。月明かりを必要としない道を歩き、多くの人が利用する駅へとたどり着く。

周囲を見回すと、そこは多くの人でごった返しており、皆が電車に乗る為(ため)に改札へと向かっていた。

ピッという改札機の音と共に足元のバーが開き、帰りを急ぐ足が通り過ぎて行く。

少女は再び見回すと、例の人が居ないのを確認してホッとする。早く帰ろうと、自身も人の波に乗り改札口を通り、目的の電車に乗る為三番ホームを目指す。

ここまでは良い、あいつは居ないと少女は安堵(あんど)する。

顔を下に向け、極力存在感を消して周囲を気にしながら進む。幸いな事に、前と後ろを歩いているのは女性で、何も心配する必要は無い。

あと少しで、無事に家に帰れる。

そう思っていた。

ホームに立つと、背後から視線を感じて悪寒が走る。恐る恐る後ろにあるベンチを見ると、居た。

あいつが居た。少女を狙う奴が居た。

目が合う。見た目は四十代の草臥れたサラリーマン。何処にでもいる冴えない中年だ。その男が三日月のようにニヤリと口元を曲げた。

「ひっ!?」と声が漏れてしまい、口元を手で押さえて恐怖も一緒に隠そうと必死になる。

少女の後ろには多くの人が列を作っており、そう簡単には近付けないはずだ。だが、それでも男は電車に乗り込むのを利用して近付いて来る。どんなに移動しようと、少しずつ距離を縮めて来るのだ。

緊張した時間が過ぎて行く。やがて電車が到着して、嫌な時間が始まる。

少女は少しでも距離を取ろうと、車両の中央へと向かう。人の波に呑まれながらも、必死に動いて移動すると、何とか中央付近まで来る事が出来た。

目の前の座席に座るのは黒いスーツの中年の男性で、目の前に立つ少女に興味がないのかスマホを扱い視線を下に落としていた。

同じ中年でも、少女に興味のない男とそうでない男がいる。そうでない男の方は扉の近くに立っており、満員電車の中では、とても近付いて来られるものではなかった。

それなのに、男はいつの間にか背後に移動して来る。以前もそうだった。前回は別の車両に乗ったはずなのに、いつの間にか背後に立っていたのだ。

逃げられない。あの男に狙われてから、登下校の時間が吐きそうになるほど苦痛になった。

電車が発車する。ガタゴトと音を立て動き出した電車は、恐怖に震える少女の様子を少しだけ誤魔化してくれる。

ただ、目の前の男性には気付かれたようで、おや？ と顔を上げて少女の顔を見た。きっと自分の顔は、恐怖に引き攣っているだろうなと思っていた。しかし、男性は興味がなさそうに、またスマホに視線を戻してしまった。

少しだけ視線を扉の方に向けると、既にそこには男の姿は無く、半分の距離を詰めて来ていた。

嫌だと思い、これから来る苦痛を直視したくないと下を向く。

少女を狙う男は、言ってしまえば陳腐な痴漢だ。

愚かで、愚図で、うだつの上がらない腐り切った男だ。だが、まだ年端もいかない少女からすれば恐怖の権化だった。少女は、同級生の男子ともそれほど会話をした事もなく、ごく少数の友人と喋るくらいで、人見知りをする大人しい子だった。そんな子が、成人男性に抵抗出来るはずもなく、ひたすらに耐えるしかなかった。

男と出会わないように対策はこれまでに何度もした。乗る電車を変更したり、登下校の時間をずらしたりして対処しようとした。だが、ダメだった。あの痴漢は少女だけを狙っており、少女が現れるまで駅で待ち、同じ電車に乗るのだ。今日もそうだ。高校の図書室で時間を潰して、一番混む時間を狙って帰宅しているのに、こうして捕まってしまった。

ダメだろうなとは思っていた。あの男は少女が抵抗しないのを良い事に、好き勝手やっているのを知っている。

せめてもの抵抗に、電車が混む時間を選び、近付いて来る時間を稼いで接触する時間を短くする。ただ、それだけの抵抗しか、もう少女には残されていなかった。

顔を上げる。

窓から見える景色は紫色に染まっており、何だか薄気味悪いと感じてしまった。その原因はきっと、少女の背後に立つ男にもあるのだろう。

「いやだ……」

悔しくて涙が出そうになる。助けを求めれば良いのだろうが、人に知られるのが恥ずかしくてどうしても言い出せなかった。

震える体に力を込めて目を瞑り、苦痛に耐えようと必死に備える。

これからの長い時間、この薄汚い男に良いように触られると思うと吐き気がする。弱い自分が嫌になる。唇を噛んで、痛みで誤魔化そうかと悪足掻きを考える。

だが、いつまで経っても不快が襲って来る事はなかった。

ただ代わりに「あがっ!?」という男の悲鳴が聞こえてきた。

何が起こったのか分からずに目を開けると、窓の外は暗い夜に覆われていた。そして、窓に映る痴漢の男は、右手を押さえて蹲っていた。

「はあ、子供に向かって何をしようとしてるんですか？」

少女の目の前から声が聞こえる。

その主は黒いスーツの男性で、そのシャツもネクタイも黒一色だった。髪はオールバックにしており、立ち上がると１８０㎝以上はありそうな長身だった。

黒い男性は少女に向かって「どうぞ」と誘導して座席に座らせると、蹲っている男に近付いた。

「貴方（あなた）は探索者ですね、いえ、元探索者ですね？　能力を使って何やっているんです。よりにもよって痴漢だなんて、何と情けない」

黒い男性は「まったく、忌々しい」と目頭を押さえて痴漢の男を見下ろす。

「ち、違う、俺はそんな事やってない!?」

「いいえ、私はしっかりと目撃していました。何よりその右手が証拠です」

「右手？　これはお前がやったのか？」

痴漢の男が押さえていた右手を開くと、指が全て別の方向に曲がっていた。

「ひっ!?」と今度は別の意味で悲鳴が上がる。暴力に慣れていない一般人からすれば、かなりショッキングな映像だろう。だが、探索者からすれば、ポーションで治療可能なレベルの負傷でしかなかった。

「次の駅で降りますよ。ああ、貴方の意見を聞く気はありませんのでご安心ください」

「い、嫌だ！　そもそも俺はやってないと……」

悪足掻きをする痴漢の男だが、黒い男性がしゃがみ痴漢の耳元で何かを囁（ささや）く。すると男の顔は真っ青になり、体を震わせながら大人しくなった。

何を囁いたのか、少女にも全ては聞き取れなかったが『探索者』『取り締まり』なる単語だけは聞き取れた。

大人しくなった痴漢を見て、黒い男性が立ち上がり少女の方へ振り向く。

「よく頑張りましたね。これからは、安心して電車をご利用下さい」

その言葉を聞いて、少女の緊張の糸が切れて涙腺が崩壊してしまった。ヒックヒックと嗚咽を漏らして涙を流し、周囲の人も少女が大変な目に遭っていたのだと理解し始める。

「これをどうぞ」

黒い男性から手渡されたのは、やはり黒いハンカチだった。

これでもう大丈夫なのだと安堵した少女は、流れる涙を止める事が出来なかった。最後の「よく頑張りましたね」という黒い男性の言葉が、少女の心に残り続ける事になる。

それが良いのかは分からない。

たとえ、その黒い男性が痴漢よりも凶悪な存在だとしても、少女を助けたヒーローに違いはなかった。

少女は、次の駅で降りた黒い男性と痴漢を見送る。被害者として同行しようとしたが「必要ありませんから」と気遣われ、そのまま電車に残った。

窓から見える景色は暗く黒い闇に包まれている。これまでは、この先の見えない恐怖に怯えていた。だが、その黒も助けてくれた人の色だと思うと、不思議と怖いとは思わなくなっていた。

この日、少女は救われて、景色を見る感情に変化があった。ただ、そんな何の変哲もない夏の一日だった。

※

黒い男性は、痴漢の男を引き摺(ず)って駅に降りると、駅員が居る場所まで行き、痴漢を引き渡した。

もちろん、ただ引き渡した訳ではない。駅員に自分の身分証を見せて立場を明かし、男が何をしていたのかを説明した。更に「嘘(うそ)をつけばどうなるか分かりますね？」と脅しを掛けているので、痴漢の男はベラベラと聞いてもいない犯罪を語り出すだろう。

黒い男性、名を黒一福路(くろいつふくろ)と言うが、黒一からすれば、あの痴漢がどうなろうと関係なかった。もっと言えば興味もなかった。仮にあのまま痴漢をしていたとしても、気にもしなかっただろう。

黒一にとって、電車の中での出来事など、つまらなく退屈なものでしかなかったのだ。

しかし、今だけは違っていた。

「まったく、せっかくの余韻が台無しになるところでした」

本田実(ほんだみのる)という芳醇(ほうじゅん)なワインを楽しみ、長い事その余韻に浸っていた。いつまで経っても褪(あ)せる事のないこの感覚。本田実という男の人生を台無しにして味わった、最高の喜劇。

一度は落ちるところまで落ち、そこから必死に這(は)い上がろうとする姿は美しかった。仲間達(たち)を思い、一人で必死に行動する姿には胸を打たれた。最悪な状況に追い込まれても、活路を見出（みいだ）そうとする姿には興奮もした。

きっと私は、この男の心を折る事は出来ないだろう。そう悟るが、それが黒一を益々（ますます）興奮させた。これまでの玩具（おもちゃ）は、直（す）ぐに壊れるか、暫（しばら）く耐えた後に自害するかのどちらかだった。それが、本田実は違っていた。

黒一を見る度に、その目には敵意を抱いており、隙あらば殺してやろうという気概が感じられた。これまでに、ここまで理想的な玩具（人）は存在しなかった。感動と興奮で身を震わせ、少しでも長く楽しもうと、地獄に突き落としたくなる衝動を抑えるのに苦労した。

「……ダメですね、少しは落ち着かないと」

歪（ゆが）む口角を手で隠して、昂（たかぶ）る感情を落ち着かせる。

降りた駅は目的の場所ではなかったので、再び電車に乗らなければならない。次の電車まで十分ほどあり、その時間をただ待つのも勿体無（もったいな）い気がして、ホームに居る人達を観察する。

その中にカルマ値が高い者はおらず、精々が万引きを犯した程度だろう。これが普通なのだ。この平和な日本では、殺人はおろか暴行事件もそれほど多くはない。あっても喧嘩（けんか）がいいところだろう。

「カルマ値。この言葉を発する度に、貴方を思い出すのでしょうねぇ」

生温（なまぬる）い夜風に当たりながら、本田実の最期を思い出す。

人を惹（ひ）きつけ、大勢を導く力がありながらも、進む道を間違え、黒一という悪魔に狙われた悲劇の人物。

気が狂いそうになりながら、必死に仲間達の為に動き、その命を終わらせた。

本来なら、黒一が出張る必要はなかった。寿命が残り少ないのは事実で、何もしなければ仲間達に看取られる最期を迎えていただろう。

散々、楽しませてもらったのだ。それくらいの慈悲はあるつもりだった。

だが、無様にも一人の探索者に敗れて地面に這いつくばっている姿を見てしまい、無性に、この手で終わらせてみたくなったのだ。

だからといって、直接手を下せば禁忌に触れてしまい、黒一自身が粛清の対象となってしまう。

その為、前に部下から買い取った、モンスターを封印したアイテムを使用する。

錬金術で作られた小瓶を破り、中に封印されていた多くのモンスターを解き放った。強化されたモンスターによって、多くの悲鳴が上がり、多くの命が消えて行く。絶望に染まる実の表情を見て、途轍もない興奮を覚えてしまった。


駅のホームに、電車の到着を知らせるアナウンスが流れる。到着した電車は徐々にスピードを落としていき、車内の様子を確認出来るようになる。

帰宅ラッシュから過ぎているというのもあり、電車の乗客はまばらで一人ひとりの様子が良く見えるようになっていた。

「ほう……」

そのなかに、少々柄の悪い三人組が乗っており、恐らく一人か二人は殺っているだろうドス黒いカルマ値を纏っていた。

最近は良い事が続いており、とても気分の良い黒一は、たまには率先して社会貢献しようかと電車に乗り込んだ。


目的の駅に到着すると、改札を出て繁華街に向かって歩きだす。時刻が二十二時前というのもあり、飲み歩いている人達を大勢見かける。

なかには地面に横になって眠っている男性もおり、残念ながら彼の近くには何の荷物も残されていなかった。自業自得ではあるが、同僚に見捨てられたと考えると、多少同情はしてしまう。

心地良い喧騒は、飲み屋が並ぶ通りから一本外れると、遠くなる。更に奥まった場所に行くと、人の足音と虫の鳴き声しか聞こえなくなってしまった。

同じ区画にあるというのに、ここまで変化があると別の遠い場所に来た気さえしてくる。

細い路地に入り、奥まった場所に一軒のＢＡＲがある。店名の『ＪＵＧＥＭ』が扉の横に小さく書かれており、一目見て、これが店だと思う人はいないだろう。

まるで隠れ家のようなＢＡＲ。黒一は構わずにその扉を開けて中に入る。

店内は古民家を改装した作りとなっており、天井から吊るされた照明が淡く店内を照らしていた。

店はカウンターのみで、用意された席も六脚と少ない。カウンターバックには多くの酒類が並べられており、なかには一本数十万円～数百万円もする物まで用意されていた。

カウンターには女性のバーテンダーが立っており、たった一人の客を相手に、最上のカクテルを準備していた。

客の男性は、既に老人の年齢に達しており、頭髪も真っ白に染まっている。ただ、その肉体はとても逞しく、とても七十を過ぎた老人とは思えないほどだった。

「甘いな、酒精も足りん。もっと辛く強い物を頼む、量も多めでな」

その老人は、グラスに注がれたカクテルを一口で飲み干すと、今度はもっと強いのを寄越せとバーテンダーに告げる。

黒一はこの老人を知っている。

最近まで、病により死の淵を彷徨っていたが、奇跡的に復活を果たした超人のような人物である。探索者時代には『怪力無双』と恐れられており、探索者協会の設立にも少なからず関わっている。黒一よりも前の世代の探索者ならば、誰もが知る人物。

本田源一郎。

黒一が玩具にした人物の伯父で、ホント株式会社の会長でもある。

「これはこれは、源一郎さんお久しぶりです」

顔に笑みを貼り付けて、和やかに源一郎に話し掛ける。仮に黒一が話し掛けなくても、きっとあちらから関わって来ただろう。

「黒一か、お前も酒を飲みに来たのか」

源一郎は黒一の方を見ようとはせず、カウンターバックを眺めて、次に飲む酒を選んでいた。

一見、黒一に興味がないように見えるが、一挙手一投足をこの老人に把握されているのを黒一は感じていた。

だからと言って気圧(けお)される事はなく、態度を変える必要もない。知り合いと雑談を交わすように話すだけである。

「いえ、仕事帰りに友人に会いに来ただけです」

「このBARにか?」

「はい、ここのオーナーとは昔からの友人なんですよ」

「……」

沈黙が続く。

源一郎は、このBARがどういうモノなのか知っている。それでも、黒一は隠したりはしない。この老人に嘘が通じないのを知っているからだ。

源一郎は嘘を見抜くスキルを持っていない。だが、僅かな動揺や呼吸の乱れ、体の強張(こわば)りからそれらを判断していた。その精度も確かなもので、ホント株式会社を立て直した手腕は、この才によるところが大きい。

長い沈黙に耐えかねて、女性のバーテンダーが唾を飲み込む。それがきっかけだったのか、源一郎が口火を切った。

短く「一杯飲まないか?」と声を掛けると「ええ、頂きます」と黒一もそれに乗る。

黒一の好みで良いと言うので、いつも飲む銘柄をバーテンダーに伝える。氷の入ったグラスに注がれたウイスキーは、音も無くコースターの上に置かれる。二人の間に乾杯はなく、各々がグラスを傾ける。ウイスキーが喉を焼きながら胃に到達し、酒精が体に染みていく感覚を味わう。

好みの味わいに黒一の口角が僅かに上がり、喜びを表現する。それは、電車での下らない一件をチャラに出来るほどの幸福感を与えてくれるものだった。

味わうようにもう一口飲むと、源一郎がタイミングを計ったかのように話し掛けて来る。

「先日、儂の甥が亡くなった」

「ああ、それはなんと言いますか、お悔やみ申し上げます」

「ダンジョンで死んだんだとよ、遺体はモンスターに食われて残っていなかったそうだ」

「お可哀想に……私も、源一郎さんに助けてもらわなければ、そうなっていたかも知れませんね」

黒一は源一郎に救われた過去がある。探索者を始めた当初、ある団体と揉めてしまい命を狙われていたのだ。その間に入り仲裁したのが源一郎だった。

「助けたのはお前じゃねーよ。儂が取り持たなければ、関係のない血も流れると判断したまでだ」

過去を思い出した源一郎が、グラスを傾けて少しだけアルコールを入れる。先程の甘いカクテルと違い、辛口で喉を焼くような酒精が気に入ったらしく、一口で終わらせず長く味わおうと、ゆっくりとした飲み方に変化する。

同じように過去を思い出しているのか、沈黙する黒一を横目に、源一郎は話を元に戻す。

「実はな、一番下の弟の一人息子だったんだ。歳の離れた儂からすれば、孫みたいなもんだったんだよ」

「さぞ、可愛(かわい)がられていたのでしょうね」
「ああ、進む道を間違えてしまったが、表の世界に戻ろうと頑張っていたようだ」
「珍しいですね、貴方の血筋から、そのような方が出るとは」
「何を言っとる。儂とて聖人君子ではない、ましてや他人の人格を操れる訳でもない。貴様のような……」

一気に空気が緊張し張り詰める。

女性のバーテンダーが「ひっ」と短く悲鳴を上げるが、店内に逃げられる場所は無い。唯一、地下に続く部屋があるが、残念ながらそこへの入室は許されていない。

強烈な怒気を叩(たた)き付けられた黒一だが、何でもないと特に反応はしない。源一郎が、何か探ろうとしているのは分かっている。本田実の人生を調べ、その豹変(ひょうへん)振りを見て黒一の介入を疑っているのだろう。更に、ここのオーナーとも接触して確かめたのだろうが、何の情報も得る事は出来なかったのだろう。

黒一はそう推測して沈黙を貫く。雄弁は銀、沈黙は金とは言うが、はてさてどうなるだろうかと様子を窺(うかが)う。

その反応が気に入らなかったのか、源一郎の体を魔力が巡りその身を強化していく。

これは誘いだと理解して、グラスを傾ける。黒一のなかに焦りはない、動揺もない、その程度で揺り動かされるほど弱くもない。

再びの沈黙。源一郎が黒一を睨(にら)み、黒一はどこ吹く風と気にも留めない。それが暫く続き、黒一から何も読み取れなかった源一郎が折れた。

「……まあ良い、くれぐれもやり過ぎるなよ。貴様の業は必ず己に返ってくるぞ」

「肝に銘じておきます」

源一郎が身体強化をしていた魔力を霧散させると、先程までの張り詰めていたものが嘘のように晴れていく。源一郎はグラスを空にすると立ち上がり、会計を済ませた。

店を出ようとする源一郎の足取りは、軽いものではないが、少なくとも病人のものではなかった。噂通り、患っていた病は完治したのだろう。

去っていく源一郎の背中に「完治おめでとうございます」と声を掛けると、片手を上げて返事をして去って行った。


「やっと帰りやがったか」

源一郎が去り、BARの奥にある扉から姿を現したのは、サングラスをかけた四十代くらいの厳つい男だった。頬から首元に掛けて目立つ傷跡があり、アロハシャツに短パンと身軽な格好だが、素肌が見える箇所には刺青が施されていた。

明らかに一般の人間ではない風貌の男だが、見た目に似合わず怯えた様子で扉の向こう側を見ていた。

男の名前は知られておらず、渾名で『ゴコウ』と呼ばれている。

ゴコウが怯えている理由は、源一郎にある。本田実がここに足を運んでいたのを突き止め、どういう店であるのかも調べた上で訪れていたのだ。おかげで誤魔化しは利かず、散々脅されて、本田実がどのような仕事を受けていたのか話すハメになってしまった。

もちろん、隠さなければならない部分は喋らなかったが、それでも際どい内容まで伝えてしまっていた。

「あんたの話は一切していないからな」

「そうですか。とはいえ、私が誰と関係しているのかなんて、貴方に伝えた事ありましたか？」

保身の為に発した言葉だが、それは言うべきではなかったと後悔する。

ゴコウがこの仕事を続けられているのは、黒一に見逃されているからだ。同業者はいたが全て潰されて、今はここしか残っていない。

探索者をやりながらも、収入が足りず後ろ暗い仕事をする者はいる。そんな連中に、その能力を活かした仕事を提供しているのがゴコウ達だった。表向きはどこにでもある人材派遣会社、裏では違法な行いを斡旋していた。

しかし、そんな仕事を見逃してくれるほど探索者協会は優しくはない。探索者を取り締まる『探索者監督署』へと連絡を入れ、一気に掃討したのだ。

そう、黒一は探索者監督署に所属している者である。

探索者を監視し、犯罪行為を行った者を取り締まる。人数は多くないが、人員の大半が探索者の上位に当たる地下四十階を突破した者達で占められている。そのせいか、日本最強の武闘派集団とも呼ばれていた。

ここが残されたのは、単に運が良かったからに過ぎない。偶然、気まぐれで最後に残されたのだ。粛清の順番が違えば、残されたのは別の奴だっただろう。

それでも、知り合いが粛清されながらも、最後に残ったのは紛れもない事実なのだ。この幸運にしがみ付くしか、生き延びる手段はなかった。

ゴコウの役割は、この店を利用した者の情報を、黒一へ送る事だ。もちろん、毎回報告する訳ではなく、黒一からの要望があった場合に限られている。それをしている限りは見逃される。余計な事さえしなければ許される。黒一の周辺を探るなんて御法度は犯してはいけない。

「わ、悪かった。別に、あんたを探るつもりなんてないんだ」

不興を買えば、物理的に己の首が飛ぶのを理解している。だから、必死に弁明するしかなかった。

「……まあ良いでしょう、今は気分が良いですから。ところで、少々お時間よろしいですか？」

黒一の提案に、ゴコウは乗るしかない。拒否や拒絶は死を意味していると理解しているから。そして、従順な内は無下に扱われないのも知っていた。


場所を移して、ＢＡＲの地下に来ている。

コンクリート剥き出しの部屋には、壁に海外のロックミュージシャンのポスターが貼られており、部屋の隅には魔力で動く空調設備が置かれ、室内の温度を一定に保っていた。後は部屋の半分を占領する机とその上に置かれたパソコンがあるだけだった。

地下なので音が外に漏れる心配はないが、物が少ないというのもあり音が反響してしまうのが難点だった。

「あんたが依頼、ですか？」

これまでに、黒一が依頼する事はなかった。大抵の場合は一人で解決してしまうし、黒一の部下にも優秀な者が揃っている。それなのに、わざわざゴコウに頼む理由は何だろうかと考える。そして導き出した答えは、

「人探しか、何かで？」

ゴコウはこれでも、元プロの探索者だった。ダンジョン地下三十階を突破した猛者であり、特殊なスキルを持っていた。

【千里眼】魔眼の一種で、索敵に最適な能力と呼ばれるスキルをゴコウは持っていた。これを使う以外のことで、黒一が依頼しに来るとは思えなかったのだ。

「ええ、この方の素性を探って下さい」

どうやらゴコウの推測は当たっていたようで、一枚の写真を手渡される。

「……こいつを探るのか？」

「ええ、くれぐれも悟られないようにして下さい」

「本当にこいつを？」

「はい、その方で間違いないです」

訝しげに写真を眺めるゴコウ。

その写真に写っているのは、何処にでもいそうな太った男の姿。年齢は十代後半くらいで、まだ

高校生と言われても通じるだろう。だが、黒一がただの学生を調べるはずがないと思い直し、何かあるのかと尋ねる。

「こいつは何をやったんです？」

「特に何もやっていません。地下十四階層まで探索しているとしか、私も分かっていないんです」

「探索者？　じゃあ、あんたの所で照会にかければいいんじゃ？」

「残念ながら、この方は野良の探索者のようで、協会には登録していないんです」

そんな奴いるのかと訝しむが、黒一が嘘を言って依頼するとは思えず納得する。

「……分かった。一週間後にまた来てくれ、それまでに調べておく」

「ええ、よろしくお願いします。ところでお代は？」

「必要ない。だが、借りにしといてくれ。何かあれば見逃して欲しい」

金以上の価値を黒一に求める。ゴコウの現状は、生殺与奪権を黒一に握られているに等しい。ならば、少しでも生きながらえる為に、足掻くしかないのだ。

ゴコウの額に汗が伝い、頬からこぼれ落ちる。僅かな時間だが、何を考えているのか分からない黒一の視線に恐怖心を抱いたのだ。

焦り、前言撤回を考えるが、黒一が先に答えた。

「……良いでしょう。ですが、代わりに五日で調べて来て下さい。それが条件です」

「分かった。必ず調べる」

安堵したいのを隠して、黒一の条件を受け入れて頷く。

それに満足したのか「では、また来ます」と残して黒一は地下室から出て行った。

椅子に深く腰掛けたゴコウは、だはーっと息を吐き出して無事に生き延びた事を実感する。黒一との邂逅は、何がきっかけで命を失うのか分からず、ストレスが半端ないのだ。

もう来ないでくれと願うが、黒一の庇護を失った後も怖いというジレンマがある。

この業界から手を引きたいが、裏社会専門の人材会社はゴコウの所しか残っておらず、利用する客達もまた逃してはくれない。何より黒一が許さない。恐らく、解放されるのは死ぬ時だろう。

そんな悪魔のような奴に狙われた写真の男を見て、心から同情する。鼻をほじっている姿は少々癇に障るが、これから同じ目に遭うのならば、それくらい許してやろうという気にさえなって来る。

「悪いな、俺も死にたくないんだよ」

写真の男に謝罪の言葉を述べるが、可能なら生き延びて黒一の気を永遠に引き付けて欲しいと願っている。ゴコウが生き延びる為の生贄として、その身を永遠に差し出してほしい。そう願いながらスキル【千里眼】を発動した。

《モンスター資料》

① ホブゴブリン（ユニークモンスター）

大人のゴブリンと呼ばれたモンスター。

【スキル】頑強　怪力　自己修復を持つ強力なゴブリン。

ダンジョンの地下五階から地下十階を徘徊するユニークモンスター。多くの新人探索者を葬り、新人キラーと恐れられている。これまでに三度討伐部隊が出ているが、その全てが返り討ちに遭い失敗している。

ホブゴブリンが持つ【不屈の大剣】は、討伐に来た探索者から奪った物である。

② クイーンビックアント

体長5mはある大きなビックアント。

あらゆる属性の魔法を得意としており、膨大な魔力を活かした魔法攻撃はプロの探索者パーティを葬る。ダンジョン地下三十一階以降に出現するとされているが、実際はあらゆる階に存在している。本来なら存在しないはずのモンスター。ある者の遺志により創られたモンスター。

その腹には、生命蜜と呼ばれるものが詰まっており、その効果と希少性から多くの探索者に狙われている。

③　ロックワームキング（ユニークモンスター）

体長30ｍを超えるロックワーム。

人を丸呑（まるの）みするほど大きく、表皮は岩よりも頑丈で、生半可な攻撃を寄せ付けない。口内には無数の牙が生えており、食いついてその部分を食い千切るか、地中に引きずり込み息の根を止める。

地属性魔法を使えるが苦手で、発動時間を必要とする。

もしも、トラップの範囲にハルトが入っていなければ、現れるロックワームキングは一体だけだった。

お気に入りは
ロックワームです。
カッコイイです。

あとがき

この度は、『無職迷宮』一巻を手に取って頂きありがとうございます。著者のハマです。

思えば自粛ムードの中、本作をウェブで書き始めたのですが、それが書店に並ぶと思うと感慨深いものがありますね。それもこれも読者の皆様、オーバーラップ編集者様、イラストを担当して下さったfixro2n様のおかげです。ありがとうございますありがとうございます。心より感謝申し上げます。

イラストについてですが、正直ビビってます。カッコよく描いてもらえて、テンション上がってます。

表紙のイラストも三体の巨大ロックワームで、話の伏線にしてもらっています。最高ですね、ありがとうございます。

それから、本作で意識している点ですが、ウェブ版よりも強い主人公にする、です。これからも、書籍で新たなモンスターを登場させていきますし、新しいエピソードも追加していきますので、これから先なが―――く、お付き合い頂けたら幸いです。

作品のご感想、
ファンレターを
お待ちしています

あて先

〒141-0031　東京都品川区西五反田 8-1-5 五反田光和ビル4階
ライトノベル編集部
「ハマ」先生係／「fixro2n」先生係

スマホ、PCからWEBアンケートにご協力ください

アンケートにご協力いただいた方には、下記スペシャルコンテンツをプレゼントします。
★本書イラストの「無料壁紙」　★毎月10名様に抽選で「図書カード（1000円分）」

公式HPもしくは左記の二次元バーコードまたはURLよりアクセスしてください。
▶ **https://over-lap.co.jp/824009951**
※スマートフォンとPCからのアクセスにのみ対応しております。
※サイトへのアクセスや登録時に発生する通信費等はご負担ください。

オーバーラップノベルス公式HP ▶ **https://over-lap.co.jp/lnv/**

無職は今日も今日とて迷宮に潜る 1
～Lv.チートな最強野良探索者の攻略記～

発行　2024年11月25日　初版第一刷発行

著者　ハマ

イラスト　fixro2n

発行者　永田勝治

発行所　株式会社オーバーラップ
〒141-0031
東京都品川区西五反田8-1-5

校正・DTP　株式会社鷗来堂

印刷・製本　大日本印刷株式会社

ISBN 978-4-8240-0995-1 C0093

【オーバーラップ　カスタマーサポート】
電話　03-6219-0850
受付時間　10時～18時（土日祝日をのぞく）